图书在版编目（CIP）数据

诗人与牡蛎：威廉·库珀诗歌选集/（英）威廉·库珀
著；金雯，赵少阳译 .—上海：华东师范大学出版
社，2023
　（独角兽文库）
　ISBN 978 - 7 - 5760 - 3834 - 7

　Ⅰ. ①诗…　Ⅱ. ①威…②金…③赵…　Ⅲ. ①诗集－英国
－近代　Ⅳ. ①I561. 24

中国国家版本馆 CIP 数据核字（2023）第 074123 号

诗人与牡蛎——威廉·库珀诗歌选集

著　　者　（英）威廉·库珀
译　　者　金　雯　赵少阳
策划编辑　许　静
责任编辑　乔　健
审读编辑　李玮慧
责任校对　时东明
装帧设计　周伟伟

出版发行　华东师范大学出版社
社　　址　上海市中山北路 3663 号　邮编 200062
网　　址　www. ecnupress. com. cn
电　　话　021 - 60821666　行政传真 021 - 62572105
客服电话　021 - 62865537　门市（邮购）电话 021 - 62869887
地　　址　上海市中山北路 3663 号华东师范大学校内先锋路口
网　　店　http：//hdsdcbs. tmall. com

印 刷 者　上海中华商务联合印刷有限公司
开　　本　889 毫米×1194 毫米　1/32
印　　张　6. 75
字　　数　139 千字
版　　次　2023 年 7 月第 1 版
印　　次　2023 年 7 月第 1 次
书　　号　ISBN 978 - 7 - 5760 - 3834 - 7
定　　价　68. 00 元

出 版 人　王　焰

The Poet and the Oyster

Selected Poems by William Cowper

诗人与牡蛎

威廉·库珀诗歌选集

华东师范大学出版社
·上海·

目录

II 物品诗与早期全球化思想

译者序

威廉·库珀：帝国时代的自然诗人

在英国诗歌史上，威廉·库珀上承蒲柏（Alexander Pope），下启华兹华斯，是他的时代最受欢迎的诗人。他通过书写日常生活和英国乡村风景改变了 18 世纪自然诗的方向，布莱克、华兹华斯、柯尔律治都受到他的影响，另一名浪漫主义诗人骚塞更是为其著书立传。他本有机会获得桂冠诗人的头衔，但因为晚年的他对于尘世的虚荣已经厌倦，选择了拒绝提名。不过，库珀能够以诗人的身份名世，却是因为一场意外，或者是幸运的不幸。

威廉·库珀 1731 年 11 月出生于英国赫特福德郡伯克哈姆斯特德教区，他的父亲约翰·库珀是当地圣彼得教堂的牧师，他的母亲是安妮·多恩。他的出身不能算是显赫，但也足堪高贵。他的伯父斯宾塞·库珀，第一代库珀伯爵，也是民事诉讼法院的法官；他的叔父阿什利·库珀，在上院任书记六十年；他母亲的先祖就是圣保罗教堂主任牧师、诗人约翰·多恩。直到晚年，库珀对于这样的家世渊源仍很自豪。但库珀的童年却并不幸福，他的母亲在生产弟弟约翰时，难产而死，这是库珀一生的阴影。很快，无人照顾的库珀被送进寄宿学校。在寄宿学校里，库珀遭遇了比他年长的孩子的霸凌，这使他在人生的幼年就表现出忧郁和绝望的倾向。接着，库珀进入威斯敏斯特学校，在那里，他接受了良好的文法教育，也结识了日后的众多朋友。毕业之后，他在伦敦跟随查普曼律师学习法务知识，但相对于会客厅的愉快热闹，库珀显然对于律师事务兴致索然。据库珀的自述，那段时间他整天待在叔父阿什利·库珀在南安普顿的家里，和他的三个堂妹嬉戏打闹。大妹妹哈里特，后来成为赫斯基夫人，在库珀的晚年给予了他亲人的关怀和温暖。二妹妹西奥多拉，优雅体贴，富于才华，库珀发现自己无可救药地爱上了她，但叔父拒绝了他们结婚的请求，并且搬离了南安普顿的住处。库珀更大的挫折还在后头。1763 年，已经获得辩护律师资格的库珀在家族的庇护下进入上院任通报职员（the clerk of the journals），原本有机会更进一步，任宣读秘书或者委员会秘书，但远大前程带来的压力却让库珀精神崩溃，甚至自缢以求解脱。这也成了他一生的转折点，从此之后，他就告别了属世之事，开启了属灵生活。他的弟弟约翰将他送到圣阿尔班的科顿医生那里，在那里，他完全地归服福音。病愈之后，库珀拒绝再回到伦敦，弟弟约翰将他安置在亨廷顿。在亨廷顿，库珀遇到了玛丽·昂温，昂温夫人担当起了护理工作，库珀说她"在 26 年之久的时间中，填补了我母亲的空缺"。1767 年，莫利·昂温先生去世，库珀和昂温夫人在约翰·牛顿牧师的安排下搬到奥尔尼。在奥尔尼，他和约翰·牛顿积极参与教区事务，并且完成了著名的《奥尔尼颂诗集》。但在 1773 年，库珀又一次遭遇精神崩溃，这一次似乎更加严重。此后，这种折磨还会或轻或重地反复。在牛顿和昂温夫人的精心照料下，库珀渐渐恢复，昂温夫人为了避免库珀再一次落入疯狂的深渊，鼓励他重新写作。在 18 世纪 80 年代，库珀几乎写出了他所有的重要作品：1782 年，第一部诗集出版；1785 年，第二部诗集出版（包括《任务》）。尤其是《任务》的出版，不仅让他声誉日隆，而且为他带来了晚年的朋友。虽然库珀时常会受到忧郁症的困扰，但除了昂温夫人、牛顿、赫斯基夫人，命运还赐予了他奥斯汀夫人、海利，以及他的表外甥约翰·约翰逊，他们都是扶助他的臂膀，帮助他完成了《荷马史诗》的翻译。1796 年，昂温夫人离世，约翰逊接替了她的护理工作。1800 年 4 月 25 日，诗人在亲人的照顾下温和地告别此世，去往他渴望的极乐世界。

对库珀来说，写作不是为了不朽的虚名，而是和恶魔的生死斗争。因为加尔文主义严格的拣选和摒弃，库珀的一生在得救和背弃之间来回摆荡。离开喧嚣的伦敦后，他在英格兰乡村的自然中找到了自己被拣选的证据："那儿的山，河，森林，田野和果园，/让他想起他的造主的力量和博爱"（《休养》，29—30 行）。他在英格兰乡村徜徉，就仿佛亚当在伊甸园，"幸福地沉思他的天工，施展/（无穷的天工）在他创造的一切上！/在自然最微小的设计上追踪，/神圣力量的签名和印记，/轻而易举造作的复杂发明，/不受襄佑的视力看不见美"（《休养》，51—56 行）。库珀对自然的审美感性延续了新教对造物的沉思传统："一旦心灵蒙福，它能从一切事物上升华出神圣的、甜美的、有益的沉思。"（Isaac Ambrose, *Prima*, *Media & Ultima*）但在 18 世纪自然诗传统中，有意地和蒲柏的隐居[1] 相区分：蒲柏的隐居，连同他的托利党赞助人博林布鲁克、伯灵顿，是因为对当局持异议，而他们的家长制和古典共和主义政治理想体现在他们隐居之后营造的自然式园林之中；而库珀对此则予以讥讽，嘲笑他们的政治野心随时准备死灰复燃，"抱怨每一封邮件姗姗来迟，/渴望被告知战事胜利还是失败，/责备自己的懒惰，认为，虽然为时已晚，/离开一个摇摇欲坠的国家是有罪的，/跑去朝起觐见，被以礼相待，/下跪，吻手，又一次显赫于庙堂"（《休养》，475—480 行），因此不能领会自然的真谛。库珀眼中的自然不是人工营造的庄园，而是未经干预的乡村；而他在自然中发现的也不是政制，而是新的审美感性和道德情感。

---

1. "隐居"和"休养"的英文均为 retirement，但两者因为政治意味不同，故在中译上有所区分。

感性（sensibility），对于库珀来说，仅仅是审美的还不够，还必须上升到道德层面。感性如果仅仅是审美的，就很有可能造成神经过敏的、自私自利的人格，就像库珀寓言中的牡蛎和灌木，"最好生成一块石头/粗糙的形体什么也没有感觉，/好过像我一样柔软，/拥有如此敏锐的感性"，"因此生命就被浪费，哦，呸/在被接触，然后喊道'不要'"。库珀显然是在针砭当时英格兰商业社会矫揉造作、感性泛滥的风气，"你敏锐的感觉"，"还有你的/不论它承受什么恶行，/如果这么容易被冒犯，不值得，/那么被怜悯或者赞颂"。"通过怜悯，同情，和爱/最高贵的心灵证明其美德；/那些，那些是真正敏锐的感情，/证明它们的主人是半神"（《诗人，牡蛎，和感性的植物》）。库珀的感性从自然而来，在自然中领会造物之功，众造物之间因为共同的亏欠而平等，而感性不是人借以倨傲的特权，相反是上升到至善的阶梯。库珀把"怜悯，同情，和爱"推及动物、黑奴，[1] 以及一切受到不平等的迫害的造物。库珀在家里豢养了三只野兔，并为他们分别命名：特内、帕斯和拜斯。在他们生病的时候照顾他们，带他们外出消遣，每天晚上在客厅为他们安排游戏时间，看他们欢呼雀跃，尤其是特内，"一片土耳其地毯是他的草坪，/他喜欢在上面蹦跳，/像小鹿一样上蹿下跳，/摇摆着他的屁股"（《一个野兔的墓志铭》）。他像老父亲一样，看他们长大，并且发展成不同的性格。他在

---

1. 这里的排序不是译者的主观排序，而是根据进入库珀视野的先后排序。

报纸上看到黑人奴隶的遭遇时，当即站在这些沉默的受难者的立场上直言："英格兰有什么权利，我想问，/将我和我的福乐分隔，/折磨我，奴役我？/羊毛一样的卷发和黑皮肤/没有丧失自然的宣示；/肤色不同，但爱怜/一视同仁地居于黑人和白人中间。"（《黑人的怨诉》）

当然，诗人的审美感性和道德情感离不开帝国时代的背景。大英帝国的扩张，为英格兰带来了可观的财富，但是也带了腐化的趣味和败坏的道德，尤其是大英帝国的心脏——伦敦，更是溃烂的病灶："品味和财富宣称/它是世界上最美丽的首都，/骚乱和糜烂说它是最坏"（《沙发》，697—699 行）。帝国时代的艺术、科学、贸易都登峰造极，"那儿，被雷诺兹一触，乏味的空白变成/光辉的镜子，自然在里面看见/她所有反映的形象。培根在那儿/不止给予石头女性的美，/还赐予大理石嘴唇查塔姆的雄辩"（《沙发》，700—704 行）；"她精密的仪器/她用它们估量，计算，和观测/所有距离，运动，尺寸，到哪里/一会儿测量芥子，一会儿计算行星的周长？/在伦敦。哪里的贸易有这样一座市场，/如此丰富，如此拥挤，排水便利，/供应充足，像伦敦一样"（《沙发》，715—721 行）。为辉格党意识形态张目的苏格兰启蒙哲学家描绘的社会蓝图似乎实现了，但库珀和卢梭一样，怀疑科学和艺术的繁荣是否能给社会带来幸福："她的纪律松弛，最要紧的/是惩治而非防范违法行为；/她是严苛的判罚窃钩者/的死刑，但是滥施生命，/自由，时常还有荣誉/给公众资金的盗窃者；/国内的小偷必须绞死；

但是他把/印度各邦的财富放进/他狼吞虎咽臃肿肥大的钱包，却逃过惩戒。/既不明智，也非善事/通过对神圣经文亵渎和异端/的诋毁，她已经妄自取消/和废除，尽可能全面地，/上帝的全部律令和意志；/把风尚提高到真理的位置，/把她自己的习惯和风俗放在/权威的中心，直到安息日的仪式/已经简化成不受尊重的样子，/膝盖和跪垫已经几乎完全分离"（《沙发》，730—748 行）。苏格兰启蒙哲学家指望的风尚并没有带来优雅和幸福，或者只是给少部分人带来了表面上的雍容华贵，但给整个社会带来的是贪污、分化和不信任。诗人提出警示："我们帝国的穹顶，本来无比坚固，但因为你，/成了残损的结构，马上就要坍塌。"（《沙发》，773—774 行）

在反对辉格党意识形态方面，库珀和蒲柏的相似大于分歧。他们都从乡村立场出发反对城市："上帝创造了乡村，人创造了城市"（《沙发》，749 行）。乡村代表自然，而城市代表反自然。不过，在蒲柏那里，乡村体现的是自然的理性秩序，进而是地主阶级的统治权力的正当性："咨询此地的神灵；/它命令水升或者降，/帮助雄心的山峦攀登天穹，/或者螺旋递进挖空山谷，/招徕乡村，环抱绿林，/移栽欢欣的树林，此处树荫不同彼处，/延伸线，时断时续；/你种植如作画，工作似治园"（《伯灵顿书信》，57—64 行）。库珀吸收了自然神论对自然的理性设想，"接着带着幻想的眼光去审视，/远到想象力可以伸展的边界，/一万条河在他的命令下奔涌而出/从永不低落的瓮流经每一片土地，/这些像是汹涌澎湃的洪水，/那些蜿蜒平静地流过河道，/白云缭绕的高山，果实累累的峡谷，/每一个民族的帆船分布其上的大海，/其他天球饮光的源头，太阳，/夜晚的王冠，头顶的新月，/无数的星星，每一颗都在他指定的位置，/牢牢锚定在空间的深渊"（《休养》，73—84行），但他否认自然就是神的全部，"而是作为一个阶梯，通过它灵魂/从非凡的手段上升到更重要的目的，/当然，虽然拾级而上却不曾践履，/从低级的存在攀升到上帝，/看到，不凭借虚幻的光或者暗，/地为人造，人自己为他造"（《休养》，111—116行）。在库珀看来，只有蒙福的人、领受启示的人，才能读懂自然的真意，领会造主的仁慈和怜爱，才能利用好感性的禀赋，不仅享用自然的丰美，也同情和扶助受难的造物。库珀的审美感性和道德情感正是从宗教角度对帝国时代辉格党意识形态的回应，当然它们非常有力地参与到了福音派社会改革运动中，但我们应该从世俗社会的改良运动中看到宗教对英国社会现代化的推动。换句话说，没有库珀的宗教思想，他的审美感性和道德情感就是无源之水。而随后的华兹华斯也延续了库珀对辉格党意识形态深刻反思的脉络，不过更加凸显了审美感性和道德情感，压抑了库珀式的宗教狂热，但在他对自然的启示式的书写中，我们不难找到相似的狂热。

在现实事务层面，库珀非常热衷于教区事务，虽然他不善于抛头露面、登台讲道，但积极赞襄乡村教区的大小事务，比如写诗敦促纳税，劝导人们安息日做礼拜，在圣诞日公布的死亡清单上附诗安抚人们。他和福音派牧师约翰·牛顿合著的

《奥尔尼颂诗集》流传甚广，至今在信徒中仍有影响，在他身后，多家教堂制作彩绘玻璃窗纪念他的虔诚，其中包括圣尼古拉斯教堂、西敏寺的圣乔治会堂。他鼓励乡村的教徒谦卑虔诚、克勤克俭："你将不会缺乏/什么，意识到你的德行，我们可以俭省，/一个比我们富有的人也不能送出什么"（《冬日傍晚》，424—426 行）他曾经和小昂温接受诺丁汉的议员罗伯特·史密斯先生的委托，每年冬天把 40 或 50 英镑分发给奥尔尼的穷人，他在信中写道："我们将在救济的分配上最好地践行我们的审慎……亵渎者如此亵渎，如此滥饮，并且放荡在毫无价值的事情上，以至于如果使他们分享他的慷慨，将是滥用它。然而，我们承诺没有人将碰到它，除了可怜的穷人，与此同时勤劳而又诚实。"在库珀看来，乡村教区才是帝国真正的核心，新教精神是帝国穹顶的拱顶石。所以，从这个角度来看，轰轰烈烈的废奴运动是新教精神在帝国范围内的一次成功实践。

然而，我们应该看到库珀虽然反对奴隶制，但对于帝国却格外忠诚，甚至态度强硬。帝国时代新兴的邮政和报纸，让库珀坐在乡村的小屋里就可以对帝国事务了然于心："谁能说/它的消息是什么？我们的军队醒着？/还是他们仍然，像服了鸦片/对着大西洋的波浪打鼾？/印度自由了吗？她戴着她装饰羽毛/和珠宝的头巾和平地微笑，/或者我们仍然碾磨她?"（《冬日傍晚》，24—30 行）这里，打鼾的士兵就是在北美殖民地败北的士兵。库珀在北美问题上是个强硬的鹰派，他把北美十三州的失守归咎于英国士兵爱国勇气的缺乏，在英国签订和约之后，他不无夸张地说："我把美洲的失守，看作英格兰的毁灭。"他在北美战争期间，对于法兰西对美洲殖民地的支援耿耿于怀，写作《凯歌》嘲讽法兰西顾此失彼，连失本地治里和圣卢西亚："野心勃勃，虽然武功废弛，/她不是让所有民族都充满恐慌？/她不是教忘恩负义的孩子，最好/把匕首对准母亲的胸脯？/她不是授予多此一举的恩惠，/把独立加到反叛者的头上，/帮助他从英格兰的王冠上拽下一颗宝石，/妄想有朝一日嵌在自己冠冕上？/谁会可怜法兰西？那样所有敢于/无端煽动战火的国家都将繁荣昌盛，/那样所有认为和平可以出卖，鲜血/可以交易，兑换黄金的国家都将繁荣昌盛。"库珀对印度的态度似乎和他对北美殖民地的态度相反，但这可能主要是因为他支持的福克斯的印度法案在上院遭遇否决，也就是说东印度公司不能实现国有化。那么，印度就只是东印度公司职员的私人钱包，"狼吞虎咽臃肿肥大的钱包"，而不是大英帝国的财源。他在印度法案流产之后，给友人写信说："将放弃对一个我们没有权利的国家的任何领土兴趣。"当然，我们厘清库珀对帝国政治的态度，不是要对库珀进行帝国主义的事后审判，更不是要得出他是一个待在家里的殖民头子这样荒谬的结论。在库珀的时代，帝国是既成事实，但库珀试图对帝国进行改造，让它不再是掠夺、嗜杀、腐败的帝国，而是一个新教的帝国，也是自然的帝国："那儿东方的爪哇/和最西方的土著一起跪拜，/埃塞俄比亚伸出手/礼拜"（《冬日午间散步》，810—

813 行）。在今天看来，这也许更多的是对殖民地的强制，在当日或许主要是对殖民者的规范。

库珀的诗歌在整体风格上追求晓畅明确，虽然他也能写出蒲柏式的英雄讽刺体，嘲讽帝国时代的弊病，但他显然更偏爱时而低吟浅唱，时而直抒胸臆的素体诗。他曾在给小昂温的信中写道："让诗说散文的语言，而不乏味，这样安排它的词语，仿佛它们自然地从一个即兴说话者的唇间流淌而出，全无鄙俗；和谐，优雅，不为了凑韵而调换音节，是一个诗人能够担负的最艰辛的任务。"但是自然并不意味着松弛，库珀时刻提防着松弛，对他来说，这不仅是语言上的松弛，更是道德上的松懈。他把约翰逊博士对阿肯塞德的警示性诊断铭记于心，"词语被堆积，直到几乎不能理解意义，精力离弃了理智，定居在耳朵里"。因此，库珀把表意的明确，甚至每一个词语的明确，都看作一次道德实践，甚至宗教仪式。

这本选集为了尽可能全面地呈现库珀诗歌的面向，分为"动植物诗与早期生态思想""物品诗与早期全球化思想""18世纪的理性与情感"三辑，在某种意义上，呈现的是 21 世纪眼光下的库珀，以期摆脱英美学界习惯加在他身上的宗教诗人的硬壳。当然，我们并不否认库珀在宗教上的热忱，但他也是一个帝国时代的公民和诗人，他从自然出发对大英帝国时代涌现的趣味问题、道德问题、生态问题、全球化问题的思考，不仅是我们反思历史的鲜活材料，也是面对今天的棘手难题时的隐秘宝藏。在语言风格上，我们也试图在汉语中复现一个"晓畅明确"的库珀。然而，译者自知水平一般、能力有限，无论是知识上，还是语言上，虽是庶竭驽钝，却仍不尽如人意，伏惟方家读者教正。

I

动植物诗与早期生态思想

菠萝和蜜蜂

三排菠萝，

日晒风吹，

一只最擅长辨味的蜜蜂

飞过的时候闻到了芳香；

这个破坏者扑扇着饥渴的翅翼，

寻找结构上的缝隙，

在每一边都尽力尝试，

把他的身体撞向每一个鳞片，

但仍然徒劳无功，这个结构

非常紧密，只能容许光束透过。

因此已经浪费了半天时间，

他又一次调整了他的飞行。

在我看来，我说，在你身上

我看到了人类的罪愆和疯狂；

人渴望那些被禁止的快乐，

他的灵魂充满了空虚的欲望；

愚蠢是他追求的源泉，

失望是得到的结果。

当两片马车玻璃之间的少女

驶过的时候，辛西厄痴痴凝望，

她是菠萝，而他

痴愚而又未得的蜜蜂。

这个女子带着忧戚的神色观望

满是光彩夺目的珍宝的橱窗，

看到了钟表，手镯，指环还有项链，

但一想到空空的口袋只能叹气，

像你一样她的欲望是强烈的，

但是唉，隔着残酷的玻璃！

我们喜爱的欢乐常常如此，

可望而不可即；

视觉燃烧起我们愚蠢的心，

我们渴望结构紧密的菠萝；

带着渺茫的希望，一个人张望又徘徊，

一个打破了玻璃割伤了手指，

但是真理和智慧引导的人们，

可以从野草中采得蜂蜜。

（1779 年）

一个寓言

一个胸脯光滑的渡鸦

深情地敷压着新下的蛋，

高踞在枝条搭成的巢上

心急地点数着鸟儿的数目

（一个哲学家可能会指责的错误，

如果把自己排除在外），

惬意地享受着宜人的一天，

这是乡巴佬说的四月，

立法机关叫它五月：

但忽然一阵高风

像是扫荡冬日的天空，

摇撼着她耳旁青青的树叶，

让她惶恐不堪，

生怕鲁莽的狂风会折断树枝，

把她金色的希望抛到地下。

但傍晚时分大风天气

和她的担忧一起平息了：

"现在，"贫穷而头脑简单的拉夫说，

"都过去了，这窝小东西安全了。"

（渡鸦，虽然作为预兆之鸟，

它们教魔术师和老妇人

告诉我们将要发生什么

却丝毫不能预知自己的命运。）

清晨来了，附近的霍奇

他早就注意到她高处的居所，

打算把那里的全部宝物

当成礼物送给他的意中人，

他像松鼠爬上板车一样爬上去，

带走了这份无价之宝。

道德训诫

只有全能的主在每一次变化中

保护你和我的安全。

安全不是逃避

可怖形状的危险；

一场地震也许是解救

一个命悬一线的人的努力。

厄运蹑手蹑脚地潜行，

经常在我们放松警惕的时候现身，

在风暴中只是怒蹙浓眉，

在阳光中却掀起狂风。

（1780 年）

咏一只饿死在笼中的金翅雀

当我像风一样自由的时候，
野蓟毛茸茸的种子是我的餐食，
我的饮料是清晨的露水；
我任意栖在一根小枝上，
我绅士的风度，我亮丽的羽毛，
我的旋律永远是新的。

但艳丽的羽毛，轻快的旋律，
还有绅士的风度都是虚幻，
如同过眼云烟，
被抓住，被囚禁，饿死，
我垂死的叹息
孱弱地传过铁丝栅栏。

谢谢，温柔的小伙，我所有的哀愁，
谢谢这有效的禁闭，
还有对一切忧患的隔绝！
不会有人能够更加残忍。
我，但凡你表现得再少一点，
还会是你笼中的囚徒。

（1780 年）

鸽子

每走一步都要盘算，
人却仍然迷路；
本能引领的卑贱之物
罕有偏离正途。

一个静夜我漫步已晚，
听到爱的告白；
乌龟向它的伙伴倾诉，
慰藉了聆听的鸽子：

"我们忠贞不渝的联结，
时间永远不能拆开；
那些我们年轻时候的幸福
将温暖我们的老年。

当没有伪饰的天真，
不变的真诚，
充盈你的眼眶，
而我可以从中读出它们；

在地下等待万物的不幸
将永不能惊扰我，
或者只是淡淡地感到，
或者和你一起承担。

当闪电闪过林间，
或者猛鸢在附近盘旋，
我唯恐它们只掠走你，
此外就不知道还有什么可怕。

就在那时我感到自己是一个妻子，
成为你婚姻中的贴身伴侣，
决意结成一生的连理
死亡将永远不能分开。

但是，哦！如果你善变且风流，
（原谅一闪而过的念头）
最终你可以变得冷淡，
遗弃你当下的命运。

无需来自高天的闪电，
或者猛鸢的利喙，
只要熄灭你眼里的爱意，

这颗孀居的心就会破碎。"

因此甜蜜幽居的鸟儿歌唱，
像吹过的风一样柔和，
我记下了我所听到的，
给人类的一课。

（1780 年）

百合和玫瑰

宁芙一定会抛弃她的女友
假如她比自己更加令人惊羡——
但是假如花儿发生争执
激烈的冲突将会如何收场？

在花园平静的风景里
出现了两个可爱的冤家，
渴望坐上女王的位置，
百合和玫瑰。

玫瑰气得涨红了脸，
充满了鄙夷，
援引诸多诗人的篇什
证明她统治的正当。

百合的高度天生的统率，
一个美丽的帝王之花，
她似乎是为弗洛拉的手定制的，
她权力的节杖。

国内的争吵和辩论
女神碰巧听到，
飞去阻止，以免不可收拾，
花坛的骄傲啊。

"你，"她说，"高贵的颜色，
你雍容的仪态，
直到第三者超越你们，
让你们每一个都是女王。"

两朵花儿因此平息和解，各自
去寻找最美的英国少女，
她的脸颊就是帝国的王位，
她们从此联合统治。

（1780 年）

夜莺和萤火虫

夜莺整整一天

用歌声为村庄带来欢乐，

直到傍晚他的音符还没有歇止，

直到黄昏已尽还没有，

他可能也开始感觉到

强烈的饮食需求；

当他饥饿地巡视四周，

侦察到，远处地面上

有一个东西在黑暗中闪烁，

通过他的亮光认出了萤火虫：

所以从山楂树上俯冲下去，

想要把他放进嗉囊；

这个虫子，明白他的来意，

非常雄辩地说服他：

"你欣赏我的光亮，"他说，

"正如我欣赏你的歌喉，

你将会悔恨误伤了我，

就像我破坏了你的歌声一样，

因为是同一种神圣的力量

教你歌唱，教我发光，

你用音乐，我用光亮，

使夜晚变得美丽而又欢乐。"

歌手听了他简短有力的演说，

鸣啭出他的赞同，

释放了他，就像我的故事讲的，

在别处找到了晚餐。

因此争执的教派可以学习

去分辨他们真正的利益：

兄弟不应该相互为战，

伤害和吞噬彼此，

而是在甜蜜的和谐中歌唱和发光，

直到生活糟糕的夜转瞬而去，

尊重彼此身上

禀赋的天性和恩典。

那些基督徒最值得受此荣誉，

孜孜不倦地把和平当成他们的目标；

和平，是责任也是奖赏

不管是匍匐的还是飞翔的。

（1780 年）

致尊敬的牛顿[1]先生

一封乡村邀约

蛰伏期的燕子
闲置着它们无用的翅膀，
蜜蜂在巢穴中慵懒地等待
早春的呼唤。

缠绕着溪流的最热情的森林，
劲吹的狂风，
既不会影响也不会吓到它们，
它们安心地休憩。

但人，敏感而清醒，
探索幽暗的风景，
他的心一定为目前的忧患所折磨，
渴盼着光明的日子。

---

1. 约翰·牛顿（John Newton，1725—1807），早年从事贩卖奴隶的勾当，一次在海上遇险的经历使他的生命发生了改变。1764 年成为奥尔尼（Olney）教区的牧师，在此期间他收留和接纳了库珀，并与其合作《奥尔尼颂诗集》。牛顿的福音派思想深刻地影响了废奴运动主将威尔伯福斯，他的自传在信徒中至今流传。

年老的冬季在草地上蹒跚

令我和玛丽唏嘘；

但可爱的春天探出了他的头顶，

低语你的回归。

接着四月和她的姐妹五月

将把他从凉亭赶走，

每天编织新鲜的花环，

为含笑的时辰加冕。

如果有诉说幸福时刻的

遗憾的眼泪出现，

我们重逢的喜悦感受

将会发光，并且炙干泪水。

（1780 年）

冬天的花束

自然，唉！拒绝给予
我们岛屿脆弱的植被，
人工在某种程度上有所补充，
所以冬天带着微笑。
瞧，玛丽，我从明媚的棚屋
的庇护下带来了什么宝物，
那儿花朵有春天的魅力，
虽然外面的花朵已经冻死。

它是一个阿卡迪亚般甜蜜的宫室，
在那儿弗洛拉仍在她的盛期，
一个她避难的城堡，
免于气候的残暴攻击。
当大地披上一袭雪袍，
这些红粉那么新鲜，那么快乐，
就像开在五月美丽的胸脯
最美丽，最甜蜜的那些花儿。

看她们如何在这么冷酷的
苍天的皱眉下安全地幸存！

这样玛丽的真爱活过

许多酷烈的年头。

迟开的玫瑰的魅力，

似乎增添了更有活力的色调，

悲苦的冬天最好地展现了

一个像你这样的朋友的真面目。

（1780 年）

休养

> ……在追求退隐的轻松中幸福生活。
>
> ——维吉尔《牧歌》第四卷

           劳碌于俗务，奔命于差事

           千万人一旦被缚上锁链再无望挣脱，

           但是，当生命在低潮里虚弱回落，

           所有人希望，或者似乎希望他们可以放弃，

5   政治家，律师，商人，手艺人，

           渴望某处乡村树荫里的避难所，

           在那儿他长久的不安被遗忘

           在退隐之地的魅力之中，

           或者被想起也只为了给眼前

10   的甜蜜镀金或者莞尔一笑，

           他可能拥有他认为他看到的快乐，

           让他的老年轻松快乐，

           改善他浪费的生命的剩余部分，

           过着闲散的生活，直到寿终正寝。

15   因此良心祈求胸膛中的目标，

           虽然被长久背叛，但从未被镇压，

           并且号召上帝独力创造的生物，

           要为天上崇高的目的而不是他自己的，

召唤他远离自私的目的和目标

20　　远离使人脆弱的和使人激动的，

　　　远离扰攘着不息的人群的城市，

　　　卑鄙者汲汲营营，无知者高谈阔论，

　　　他们最高的赞誉是白活一生，

　　　快乐的傻瓜，或者获得的奴隶，

25　　那儿人的作品麇集环绕，

　　　神的作品却难得一见，

　　　去到虽然有罪与愁，

　　　但仍然可以看见伊甸痕迹的地方，

　　　那儿的山，河，森林，田野和果园，

30　　让他想起他的造主的力量和博爱。

　　　这是幸福的，如果在这么晚的一天寻找，

　　　在毫无意义的戏剧的最后一幕，

　　　真正的智慧将会应答他孱弱的呼告，

　　　使他的行为优美在大幕落下之前。

35　　长期鄙弃它们高贵出身的灵魂，

　　　它们的愿望全都浸透了世俗，

　　　整整六十年夙夜忧心

　　　抓住烟雾或者食用空气，

　　　只通晓人的方方面面，

40　　罕有能救赎剩下的短暂的十年。

　　　根深蒂固的恶习窒塞着无果的心灵，

它们的须根穿透最柔软的地方，

把它最有营养的能量放出供养

它们有毒的生长，渴死更好的种子。

45　来日方长固然可喜，——但更可喜的是

如果我们在认出生命的晚星之前，

厌恶了这个世界的劳役，

它喂给吃苦耐劳的苦工干糠和杂草，

我们可以逃脱陈规愚蠢的统治，

50　去服侍我们生下来就要遵从的主人。

接着幸福地沉思他的天工，施展

（无穷的天工）在他创造的一切上！

在自然最微小的设计上追踪，

神圣力量的签名和印记，

55　轻而易举造作的复杂发明，

不受襄佑的视力看不见美，

匀称的肢体，灵活的关节，

在这方寸之间的小点里，

肌肉和神经奇迹般地纺织，

60　他会说话的威严的作品完成了，

不可见者显现在微末之物上，

对它们来说一个原子就广大无垠；

去惊叹一千种昆虫的形式，

这些卵生的，那些刚刚苏醒的蠕虫，

65 被赋予新生，去分享更加光明的风景，

曾经匍匐于地，如今翩翩于天，

它们的形状造就了它们，有了躯干和尺寸，

比幻想能够设计的更加丑恶的敌人；

配备戴盔的头和巨龙的鳞，

70 威严的造物，现今被轻视，

将会嘲弄人的高贵出身，

蔑视他的堡垒，灭绝大地上的人口：

接着带着幻想的眼光去审视，

远到想象力可以伸展的边界，

75 一万条河在他的命令下奔涌而出

从永不低落的瓮流经每一片土地，

这些像是汹涌澎湃的洪水，

那些蜿蜒平静地流过河道，

白云缭绕的高山，果实累累的峡谷，

80 每一个民族的帆船分布其上的大海，

其他天球饮光的源头，太阳，

夜晚的王冠，头顶的新月，

无数的星星，每一颗都在他指定的位置，

牢牢锚定在空间的深渊，——

85 面对这样的引燃诗人火焰的景色，

带着他那样的狂喜大喊，

"这些是你荣耀的作品，你是善的源泉，

但是被看得多么黯淡，被理解得多么含糊！

被你父亲的关心支持，

90　　这宇宙的结构，因此奇迹般的美丽；

你神圣的力量和不可思议的慷慨，

被你创造的万有热爱和赞扬，

被我看见的博大吸收和化用，

我卑微瑟缩，但是仍然渴慕你；

95　　指引我，把我领向那天上的白昼，

你的言语，比你的作品展示得更加清晰，

当你的真理修改我潦草的思想，

我可能仿佛是你，把你称为我。"

哦！至福的优越！超过所有

100　　人们错误地叫作他们的光荣的东西，

艺术或者武器能够产生的报酬，

酒馆，元老院或者帐篷营地。

和地下最尊贵的生活相比，

汝等王侯将相有什么可以呈示？

105　　因此被研究，被使用，被礼祀

的无论什么，似乎为我们而造，

不是作为任性的孩子的玩具，

如果不能逗乐或者诱哄就烦躁不安，

更不是为了加剧或者煽动致命的烈火

110　　骄傲，野心或者邪恶的欲望；

而是作为一个阶梯，通过它灵魂

从非凡的手段上升到更重要的目的，

当然，虽然拾级而上却不曾践履，

从低级的存在攀升到上帝，

115 看到，不凭借虚幻的光或者暗，

地为人造，人自己为他造。

我无意证明或者想要促成

一项迷信的，僧侣的事业：

真理不是局部的，上帝遍及

120 和充满交通之界和幽灵之地，

也许在一些最忙碌的场合被畏惧，

或者在从没有俗务干扰的地方被轻视。

但是带着我们这样的心是不易的，

在它最高贵的力量里明晓它的脆弱，

125 在这样一个世界里（抛开其他烦恼）

不停打量的眼睛把草率的心误引，

去限制思想，生性易于偏离

至奇怪的幻想指引的道路；

去努力让自爱的呼求静止，

130 放弃我们自己寻求我们造主的意愿；

去打开圣经的卷页，将我们的行为

与镌刻在那里的律法比较；

去将我们胸中的一切检验，

虔诚，公正，通过那神圣的测试；

135　去潜入内心秘密的深处，

不要分给激情，和贪恋的罪孽，

寻找至关重要的主题，

即我们自己和我们从堕落中的救赎。

但是闲暇，安静，和一颗从焦躁不安

140　的思想中放松出来的心变得多么宝贵，

如何保证在吉利亨通的时候，

兴致勃勃或者担当大任，

拥有一个宁静的灵魂，同样推脱

过于可怕或者可欲的东西，

145　从执拗争吵的喧嚣中脱身，

至少对于终极追求抱持友善。

展开上帝宏大计划的地图，

我们发现一座小岛，这是人的生命；

永恒不可思议的辽阔

150　环绕和限制着他的寿命；

这个忙碌的种族考察和探索

每一条沟渠和危险的河岸上的洞穴，

用心收集在他们眼中出色的东西，

一些闪光的鹅卵石，一些贝壳和杂草；

155　满载而行，梦想着他们是富有的和伟大的，

最幸福的人在他的重负下气喘吁吁：

海浪在他们严肃的游戏里掀翻了他们，

每一小时都在席卷人群；

他们尖叫着沉没，幸存者受惊哭泣，

160　继续他们的活动，跟随而去深渊。

有几个离开了人群；抬起眼睛

追求天上的财富，获得了真正的奖赏，

真理，智慧，恩典，还有天堂一样的和平，

盖上了他们服务和热爱的祂的印章；

165　被其余的人轻视，怀着耐心的希望

他们等待一种从他们的不完美状态的解脱，

没有遗憾的人不久被拿放

从悲伤的场景到荣耀的白昼。

不是只有懂得修养之乐的人，

170　才偏爱隐士的生活；

对于改变的喜爱活跃在每一个胸膛，

秉性，脾气，还有对休息的渴望，

千奇百怪的动机遇合在一点上，

每一个都怂恿它的信徒去休养。

175　一些心灵天生反感嘈杂，

厌恶半个世界喜欢的喧哗，

贪婪的引诱，或者浮华的奖赏，

宫廷豪门展示在饥渴的眼睛前，

果实悬挂在欢乐鲜花盛开的藤蔓上，

180   无论什么对他们施魅都不能奏效。

对他们而言晦暗的果园里的幽居，

或者麋鹿安然游走的森林，

飞流直下的瀑布和鸟儿的鸣唱，

还有回响着远处牧群的山丘，

185   是使所有光芒黯然失色的奢侈

不论是俗世吹嘘的，还是她的宠儿享有的。

迫不及待的脚步，匆匆装束，

为了这样的理由诗人寻找荫蔽：

从他所看到的他汲取新的快乐，

190   愉悦的幻想看到这样的美景拍打她的翅翼；

太阳的升起和降落，

或掠过或悠悠飘远的白云，

自然在她附身的各种形状里，

在风暴中横眉冷目，在清风中心平气和，

195   她的冬令穿着银白的雪袍，

她的夏日的热情，她的果实，她的芬芳，

所有，所有的一切都在怡悦激动的诗人，

成就他的荣耀和恩赐在韵脚上。

哦自然！你的埃律西昂似的风景展露了

200   他光明的至美，正是他一声令下它们出现，

仅次于形成你，维持你的力量，

你是我韵律的大启发者。

当我触碰竖琴，你施展

你真正的魅力，教导一只笨拙的手，

205 让我学会抓住一团少有人知的火焰，

发出有用的光亮，即便一生藉藉无名，

仔细研读你的书页，每一行

都有一个神圣智慧的证据，

可能感到一颗心被它所支付的充盈，

210 它把它的光荣建立在造主的赞扬上。

被机智放弃作用的人势必两手空空，

徒有其表，或者放纵浪荡，

他观察自然，用一颗淫荡的眼睛，

欣赏作品，但是扔掉教益，——

215 把他的闲暇时间和幽居用在

描绘禁止的欢乐的图画，

在乡野文上自己不名一文的姓氏，

或者精确地瞄准射击无忧的鸟儿！

爱人，也避开俗务和警报，

220 成为软弱的缺乏魅力的偶像崇拜者。

圣徒在他们热心祈祷里的供奉，

无一不以同样的热忱出现于他的祈祷；

这是他的心，灵魂，时间的献祭，

每一缕漫游的思想都是罪孽。

225 在叹息中他礼拜无与伦比的女神，

在绝望中他悲伤地饮泣祭奠，

爱慕一个造物，白白地献祭，

得到的反馈却是无情的轻蔑。

就像忍冬婚嫁她所及的树木，

230　粗糙的榆树，或者光滑的白蜡和山毛榉，

螺旋环绕攀爬树干，把她

金黄的花穗放在繁叶的枝头，

但在她给予恩典的时候却造成了不幸，

用如此紧密的拥抱限制了它的生长；

235　所以依附于最高贵的心灵的爱，

阻碍了受他约束的灵魂的发展；

不久他就改善了求婚者的风度，

把它形塑成他爱慕的人的品味，

教给他的眼睛一种语言，不止

240　润色言辞，还要焕然他的谈吐；

但是，别了，更幸福的果实的前景，

男子气概的雄心，对学识的严肃追求；

系缚着一条他不愿斫断的铁链，

他唯一的幸福是为她而悲伤。

245　那个本应渴望荣耀和卓越的人，

她的笑容即他的追求，别了所有更高的追求！

塞西斯，亚历克西斯，或者无论什么

最少冒犯如此纯粹的情感的名字，

虽然最真诚的朋友的明智建议，

250　在这样脆弱的耳朵里非常刺耳，

但情人，在所有驯服的或者野生的生物里，

不能忍受一点点管制，不论多么温和，

但是请允许一个诗人（诗歌能够

用魔力解除最凶猛的动物的武装）

255　冒险打断你忧郁的情绪，

争取到你，将你带回适宜的幸福。

田园的图景，安静的幽居，

阴翳的小路，独居的宅邸，

甜美的鸟儿与和声的溪流好不和谐，

260　轻风，夜间祈祷，和白日梦，

这些都是你受到的魅惑，

暗暗合谋篡夺你的和平，

把你软化成甘心的猎物，

把你的雄心壮志烧成灰烬。

265　振作！——上帝给了你更加睿智的头脑，

不是让你戴上枷锁，而是去征服；

要你去对付敌人，首先

指出你自己最可怕的纷争。

女人，的确是他赐予的礼物

270　当他设计地下的乐园的时候，

他的手惠赏的最宝贵的恩泽，

值得被珍爱，但不是仰慕。

快马出发前往更活跃的风景，

收集学习需要的散落的真理，

275　与世界结合，它更有智慧的部分，

不再把你整颗心交付给一个形象；

它的帝国不属于她，也不属于你，

这个帝国理应归上帝所有，其神圣的特权。

高尚而虔诚的赫伯登[1]，从不尝试

280　他的技艺不能胜任的任务，

把忧郁交给自然去照料，

把病人送到更加纯净的空气。

看他来到了什么地方，——在这个荫蔽的凉亭，

隐秘地站着，看一个雕像移动：

285　嘴巴翕动，眼睛呆滞，脚步迟缓，

胳膊无力地垂下，双手背在后面，

向表情达意的眼睛阐释不幸，

仿佛它的情状足以说明一切。

舌头如今是静默的，——静默的舌头

---

1. William Heberden（1710—1801），威廉·赫伯登，著名的医生、教师、医学研究者。库珀在他的《回忆录》中记述道，他在 1763 年崩溃前咨询过赫伯登，但没有奏效。在进行自杀尝试之后，他害怕中风，请来医生（他没有提到姓名），医生为他检查并且敦促他去乡村居住。M. J. 昆兰（M. J. Quinlan）在他编辑的《回忆录》里指出，这位医生很有可能还是赫伯登。

290 曾经能够争辩，玩笑或者歌唱，

能够建议，批评或者赞扬，

对一个垂头丧气的朋友的悲伤施魅。

放弃了它的职责和消遣，

它活泼和严肃的旋律全都断绝，

295 都沉沦在热病秘密的统治下，

像是夏日的溪流一样消失了。

这是"怜悯"细读的场景

直到她与她看到的隐隐相像，

直到"同情"感受到类似的疼痛，

300 被她徒劳哀伤的痛苦刺穿。

这在侵害人的所有疾病中，

最需要同情但却收到最少；

约伯感受过当他在皱眉的上帝的

棍棒和有倒钩的箭矢下呻吟的时候，

305 他的朋友本可以准备这样的止痛剂，

今天的约伯的朋友也可以这样对待。

祝福，毋宁说诅咒，从没有感觉的心，

在反复锻打的铁盒子里保持舒适，

只被用来咧嘴大笑和饮食的嘴巴，

310 把被嘲笑的痛苦当成乐事的心灵；

英格兰橡树似的肢体，铁丝似的神经，

木偶戏演员能够引发的机智，

他们的灵丹妙药是对上帝最严厉的

打击造成的剧痛开蹩脚的玩笑。

315　但是对一个感受过悲伤的痛苦

的灵魂，悲伤是一个神圣之物：

不是惹恼，或者刺激，或者

嘲笑它的代价，只是菲薄的赞美；

他还未能攫取人的名义，

320　做了所有，还嫌太少，他能够

缓解溃烂的地方的抽痛，

止住破碎的心的流血。

它不是，像从不疼痛的头脑设想的，

幻想的假象或者烦恼的睡梦；

325　人是一架竖琴，它的琴弦看不见，

设置得当的话，每次触碰都悦耳，

如果螺丝倒扭，（一个任务只要祂

乐意，上帝在瞬间就能轻松完成），

千千万万条丝弦立刻就松垮耷拉，

330　失去力量和用处直到祂校准它们。

灌木丛生的荒野，或者美丽的

回报农民的照料的风光，

舒缓的毛茸茸的山坡，

转动着忙碌的磨坊的水流，

335　艺术的女教师和自然在园林里结盟，

散布着花床的花园，

大风带来盛开的果园的馨香，

把它吹送给漫步的哀伤的人，

全都不能在他黯淡的眼里唤起生气，

340 他扫过一切仿佛视若无睹：

没有创伤能像受伤的精神感觉到的，

没有解药，直到上帝使它们痊愈。

你悲惨地遭遇无名的疾病，

人类的技艺对它束手无策，

345 改善这种局面，理解

一个父亲的皱眉，亲吻祂惩戒的手。

对你来说黎明和燃烧的正午，

紫色的夜晚和光明的月亮，

散布在夜穹上的星星

350 似乎下坠的光雨的雨滴，

并不发光，或者心灰意懒甚至憎恶发光，

透过一朵像你一样的云看去：

然而，寻找祂，发现在祂怜爱的生命里，

所有的幸福就在近旁，一个影子或者一个声音：

355 接着阴暗了这么久的天，和沉闷的大地

似乎开始第二次生命；

自然显露出更加可爱的脸庞，

从神圣的作品那里借光，

将再也不会被轻视和忽略，

360　将让你充满前所未有的快乐，

让没有生命的物开口说话，

让她的山峰和丘陵喜笑颜开；

这个声音将沿着蜿蜒的峡谷传开，

你享受着堕落之前的伊甸。

365　"汝树林，"（政治家在他的桌子前大喊，

厌倦了千百个失落的目标），

"我世袭的财富和骄傲，

头发花白的所有者藏在你的树荫下！

接纳我，我渴慕那样的憩息

370　公众的仆人还未曾体会。

汝曾见过我（唉！那些遗憾的日子

孩童般的天真是我当时全部的赞扬）

把一个又一个小时开心地用在

那时熟悉，后来又忘记的学习，

375　培养了对于古代歌谣的趣味，

当我徜徉的时候感受着它的激情；

时常，全赖仁慈的上天恩赐，

我曾经重视和吹嘘的，一个朋友，

是亲眼看我多么真诚地把祂光明磊落

380　的美德印在我的胸膛的证人；

接纳我吧，虽然我已不像那时纯洁无瑕，

甚至腐败污染了其他人，

但精通艺术，当这些艺术待在

一个堕落的帝国，会加速它的衰亡。

385　回到我本乡的美丽的避难所，

我早已饱受摧残，精疲力竭；

曾经我可以证实爱国者的声音，

把他推荐的事业作为我的选择；

我们最终在一个真诚的愿望上遇合，——

390　他的心愿正合我的心意回乡休养。"

成了；——他钻进愉悦的马车，

惬意地靠着，前面是四匹骏马，

一路奔驰离开了俗务和纷争

这个国家的解下重负的阿特拉斯。

395　不要问这个男孩，当早晨的清风

首先从荆棘上撼下闪闪发光的露珠，

他就铺开了羊群，然后在斜坡或者灌木下

坐着排列樱桃核或者编织灯芯草，

自由多么美丽？——他一直是自由的

400　把他土气的名字刻在树上，

去诱捕鼹鼠，或者用旧式鱼钩

从溪流里拽上粗心的鲦鱼。

在他素朴的眼里生命首要的欢乐，

是他最为关切的羊群；

405   她很少在他漫不经心的眼里闪光，

    我们很少赞扬不会失去的美好。

    而要问国家事务的高贵的苦工，

    逃离公职和不断的劳心，

    他在自由的微笑里看到，在失去良久，

410   如今又复得的自由里看到无穷的魅力；

    他的舌头的韵律像是命令一样铿锵有力，

    在国内备受尊崇，在国外也是如雷贯耳，

    一看到她也变得结结巴巴，

    或者用沉默作为它最好的喝彩。

415   他深知不论淡妆还是浓抹，

    质木无文还是温文尔雅，

    每种形式的自然都能激起愉悦，

    但从来不会拘泥于一种风景。

    她的灌木树篱，一个斑斓的仓库，

420   缠绕着忍冬和野蔷薇，

    绿色的田埂和犁过的土地，水流

    凉爽的雾气漫过露湿的草地，

    丘陵和远处的天空融消成一片，

    几乎要逃过我们探询的眼睛，

425   他最近路过时轻忽的美，

    仿佛他上次游过后刚刚创造的一般。

    这一切精心准备的享乐的主人，

不再有烦恼搅扰他的清心，

他重新回到了早年智慧的时光，

430   吃饭多么规律，睡觉多么酣畅；

他稳稳地坐在主桅上，

当清风染红晨曦，

开始漫长的瞭望远方，

直到夜半才离开他令人目眩的座位，

435   然后像个水手一样轻快地降下，

溜进吊床，把风暴抛诸脑后。

他挑选同伴，但不是乡绅，

他们的机智是野蛮，他们的教养令人倦厌；

也不是牧师，他们虽然乐意前来，

440   在国外阿谀奉承，在国内耀武扬威；

他也不喜欢附近的同僚，

他们的争胜的脚步跟得太紧；

而是聪明地选择一个更方便的朋友，

抛却繁文缛节，轻松地相处。

445   一个谦卑能下的风度，

当别人恭维时懂得分寸：

这些人召之即来，挥之即去，

言语恭敬，俯首听命；

一个普通的劳工，对于出身和才智

450   并不作伪，不轻易冒犯也不自取其辱，

和他在一起疲倦的精力变得愉快，

在谈笑间度过他空闲的时光。

生命的浪潮，匆匆而去，

可能流经城市时更加活泼有力，

455　但找不到如此宁静的水流，

或者有乡村一半澄澈的地方。

然而俗世的幸福是多么荒谬，

聪明的头脑可能错过显然的真理！

一些快乐持续一个月，一些一年，

460　但我们在这儿聚齐的所有期限是短暂的；

感觉不到幸福，除了不变者，

不会因为更新而更有魅力。

这个观察，因为偶然得知，不是格致而来，

或者这个思想一闪而过，没有充分重视，

465　他叹息——因为最终，慢慢地，

他喜爱的地方失去了愉悦的力量；

日复一日跨着他缓步的矮马，

似乎最好也不过是幻梦人生；

可能对绝望施魅的景色，

470　他视而不见，或者不觉其美，

带着痛苦的心和不满的脸，

在正午返回弹子房或者书本，

当抓住他过去的乐趣的时候，

感到对他放弃的公职一种隐秘的饥渴。

475　他抱怨每一封邮件姗姗来迟，

渴望被告知战事胜利还是失败，

责备自己的懒惰，认为，虽然为时已晚，

离开一个摇摇欲坠的国家是有罪的，

跑去朝起觐见，被以礼相待，

480　下跪，吻手，又一次显赫于庙堂。

郊区的别墅，公路旁的宅邸，

害怕不断扩张的街道，

暴晒在七月猛烈的光线下

挤挤挨挨的方盒，密密麻麻的窗户的入侵，

485　让这个魂牵梦萦的城市人感到高兴，

呼吸着尘云，把它叫作乡村的空气。

哦，甜蜜的休养，谁将畏缩这样的想法

是否能够负担休养的代价？

这是一条轻松的路，这么平坦笔直，

490　庄园的门前是第二块里程碑；

如果路途遥远，或者遇上阵雨，

你可以在下一辆马车上找到安全的庇护。

那儿囚禁在舒适狭小的客厅，

像是南墙上瓶子里的黄蜂，

495　幽闭的忙人和他的朋友，

忘记了他们的工作，也没有得到休息；

但它仍是田园——可以看见树

从每一扇窗户，田野是绿色的；

鸭子在门前的水池浮游，

500　更远的风光更有魅力吗？

我们在一个鄙俗或者平庸的心灵

几乎找不到一丝优美，

不知道更好的事物使

无福消受的人对自己拥有的欣喜；

505　他认为他的闲暇被用于

一段封锁的路上的沉思，

和在典雅的品味装点的

亭阁酣然小憩一样，

一样地入迷，一样聪明地

510　消磨时间，一样恢复精力。

但是从此，唉！破产；从此

不被同情的挥霍无度的受害者，

解除了他所有劳心费神的差事，

和俗务握手挥别，实实在在地退休。

515　你审慎的祖母，汝摩登的美女，

满意于布里斯托尔，巴斯，和坦布里奇韦尔斯，

当健康需要的时候，就会愿意前往，

格外倾心国内发现的乐趣；

但现在，快活的寡妇，处女和妻子，

420 善于丰富沉闷的生活，

坐着四轮马车，两轮马车，有篷马车，平底船，

飞奔到海岸，为了白昼和夜晚的欢愉，

所有厌倦了干燥的陆地的人们，

一致同意冲进海洋。

525 深不可测，浩瀚无垠，海洋展示了，

上帝巨大的力量和威严；

祂为汹涌的深渊裹上襁褓，

它时而闪耀时而平静，就像婴儿有时笑有时睡；

广阔如天空，当它奔流的时候

530 应合最轻微的风息；

扭曲和漂白了整片荒海，

升起的波涛顺从加剧的风暴，

当暴风雨咆哮时粗暴而又恐怖，

惊雷和闪电降在坚固的岸上；

535 直到骑着飓风的他勒紧缰绳，

整个海洋才又再次安睡。

涅瑞伊得斯或者德律阿得斯，时尚引向，

一时在汪洋，一时在草地上气喘吁吁，

无论欢乐住在哪里，她的信徒都趋之若鹜，

540 荒凉的山脊，宫殿，或者陋室，

哦！请允许一个诗人推荐

（一个热爱自然的诗人，你的朋友）

她被轻忽的作品给你们爱慕的眼睛，

她的作品一定卓越，那个塑造你的。

545　当你早晨骑马漫步，

和某个浅薄无聊的花花公子，

你将责怪这个喋喋不休者的满腹牢骚，

对他的废话连篇充耳不闻，

对所有舌头的粗鲁置之不理，

550　当它取悦，冒犯，让你不舒服的时候。

好好留意天衣无缝的完美计划，

广博的球形大海，拱形的天穹，

大地上供养的亿兆生灵，一个星球

收集富足，然后被享用，

555　直到感激在上帝的颂歌中

变得响亮，无处不显示祂的仁慈，

被这样的智慧加恩将会闪耀何等的美丽！

你想要的不过是看起来神圣的东西。

诱人的租金，未付的账单，

560　使光彩照人的青年黯然伤神，

不是购买他的时间，而是他的土地，

愚弄傻瓜，但是以更低的代价。

那儿隐藏在可恶的阴暗里，剥夺了

剩余的快乐，但从来都没有被珍爱过，

565　他不过是忍耐，病态地阴郁

叹息这迷人风景的美丽。

自然在韵律中看起来的确可爱，

流水在诗歌的协奏中甜美叮当：

乌鸫的鸣啭，清脆而有力，

570   在汤姆森的歌里非常悦耳；

考珀哈姆的树林和温莎青翠的幽居，

蒲柏描绘它们时，有万种风情。

他喜欢乡村，但事实上必须拥有，

当他在城市研究它的时候最喜欢它。

575   可怜的杰克——无论他是谁——因为

当我责备时我也怜悯，因此必须隐去姓名——

住在他的马鞍上，喜欢打猎，赛马，

在他上马之前，总会亲吻它。

这片庄园他的祖先在很久以前就拥有

580   很快就离他而去，输给了一个同伴。

杰克消失了，被人惋惜又被遗忘；

这是豪爽的好性子逃不掉的命运。

最终，当所有人以为他死了，

冰冷的溺亡，剃刀，绳索或者铅，

585   爵士，光临他常去的地方，

王冠酒店，注意到一个马夫的脸。

杰克认出了他的朋友，但是希望这样的打扮

能够逃脱最明察秋毫的眼睛，

吹着口哨仿佛无忧无虑，快乐欢喜，

590　为他的马儿梳毛，望向了另一边。

最终确信了，走近一看，

是他，就是他，那个他认识的杰克，

一时间心里充满了惊奇，悲伤和喜悦，

他敦促他辞去卑贱的活计；

595　他的表情，他的钱袋，他的心，他的手，

威名和权力都能证明他的千金一诺。

贵族并不总是像出身高贵的人那样慷慨，

但格兰比的确是，言出必信。

杰克鞠躬，非常感谢——坦承非常奇怪，

600　如此悠闲的他本不应该希望改变，

但是不知道在狂饮啤酒和他过去的日子，

一年三千英镑的花销之间还有什么选项。

因此一些人隐居滋养了无望的哀愁；

一些人寻求幸福却一无所获；

605　一些人遵从心性，和一颗

天生不喜欢社交场合的心灵；

一些人被时尚，一些人被深深地厌恶所摆布；

一些人破落潦倒，不得不搬到乡野；

但是少数喜欢休养的人明白

610　他们在那儿遇到的有一半是辛劳。

油水多的职务很少被放弃

因为不需要和职位相匹配的能力：

即便给一个傻瓜他想要的工作，

他很快也能发现它需要的天赋；

615　　一个差事和随之而来的收入

总是为它的轮子添油润滑。

但在他艰辛的事业上以疏懒的

休养来结束活跃的年代，

他发现这个国家的重任超出

620　　他最大的能力，的确无能为力。

放弃一个辛劳的职位是容易的，

但优雅地管理闲暇却并不容易；

无官无职不等于休养身心，

空虚的心灵是不幸的心灵。

625　　老马终于卸下了他的任务，

善良地考虑到他衰弱的体力，

放到庄园或者草地上吃草，

免除了往后的任何劳役，

感到一种至高的快乐，

630　　自由地活动，在清风中呼吸。

但是当他的主人离开热闹的大路，

去体味像他给予的欢乐，

他证实不如他最爱的牲畜那样快乐，

轻松的生活是困难的追求。

635　思想，对于从来不思考的人，可能

就像睡觉做梦一样自然；

但是幻想（因为人的心灵会活动），

看起来五光十色，实际上空空如也，

那些纤薄的网，旋生旋破，

640　没有获得思想的尊严：

梦想着华服，阴谋，和快乐王朝的

头脑里的乱七八糟没有；

琐碎的谈话造成的，欲望产生的，

放纵煽动的也没有；

645　我们从何而来？我们是谁？注定了何种结局？

这个世界持续的戏剧究竟何意？

公务或者无聊的消遣，操心，或者欢笑，

割裂了大地上脆弱的居民。

责任不过是一个消遣，还是一个使命？

650　生命是交托的天赋，还是一个玩具？

是否存在，像理性，良心，经文所说的，

一个未来的伟大白昼的原因，

那时大地指定的寿数到了，

人将被召集，死者也参加？

655　喇叭——将吹起吗？大幕将升起？

展示出天空庄严的裁判所，

在那儿支吾搪塞于事无补，

模棱两可和巧舌如簧都要失败，

飞扬跋扈的骄纵将被剥夺，

660 良心和我们的品行是审判我们的所有？

原谅我，你点灯熬油

博学的忧虑或者睿智的操劳，

虽然我敬重你光荣的声誉，

你卓著的功绩和雄图伟略，

665 使世界有赖于你的支持，

被你的发现丰富改善，

但是让我站开，如果我认为

一个心灵从事于如此崇高的主题，

把她勇敢的探究放到当下

670 和转瞬即逝的刹那的轮廓，

之后拍着她冒险的翅膀，

最终停在永恒之物上，

比你最快活，最聪明，

声誉最隆的时候可以吹嘘的，

675 远为智慧，能够更好地教授

有益的思想雄健的运用。

一个心灵没有信心或者不愿承担

最值得他关切的事物的重量，

不论环境的改变激发什么希望，

680 都必须改变她的心性，否则就是徒劳。

一个无所事事者，是一个没有双手的表，

它运行的时候像它站着的时候一样无用。

书本，因此，不是充箱盈架的丑闻轶事，

淫荡的好色之徒记述自己的故事；

685   不是宣扬丑恶行径的舞台，

用成功让现代风俗展示的样子；

不是为千万人的痛苦而生的人所著，

他为上帝建了一座教堂，却嗤笑祂的话语，

精湛地装作虔诚而又正直，

690   却狡猾地斜刺里杀向宗教；

也不是博学的语文学家所著，他们

穿越时空追寻渴求的音节，

从家中开始，在黑暗中狩猎，

到高卢，到希腊，进入诺亚方舟；

695   而是没有矫饰的学习，

真理的朋友，健全智力的助手，

怀有对合理设计的热忱，

对经文富矿的强大的判断力，

阳刚和伟大的灵魂所产生的，

700   值得不朽，造福千古；

在它们里面看到闲暇时辰所需要的，

愉悦和真正的知识携手同行。

奢侈给心灵一个稚童的模子，

当她修饰，腐蚀品味的时候；

705　留心的习惯，思考的头脑，

变得更加稀缺当挥霍风靡，

直到作家终于听到，一句普遍的叫喊，

"胳肢或者逗乐我们，否则我们就会死!"

大声的叫嚷年复一年，

710　使发明匮乏，让幻想瘸腿；

直到闹剧自己，可悲地无味，

请求音乐的善良援助，

还有小说（复述每月的评论）

换掉人物名字，但没提供什么新东西。

715　用必要的消遣来放松的心灵，

应该转向更有才华的作家，

他们的机智运用得当，他们古典的风格

使真理生辉，让智慧含笑。

朋友（我不能吝惜，像一些人那样，

720　在我看来太过严苛，这个称呼给一个人，

虽然有一个人，在我宽阔的心胸里，

将会比其他人站得更前一步；

我们笼统地称呼鲜花这个名字，

但是有一个，玫瑰，是它们所有的摄政）——

725　朋友，不要像学童一样心急地挑选，

而要用明察秋毫的慧眼结交，

好的身世，好的教养，远离

低俗的心灵，才能有一颗高贵的心，

和，虽然这个世道可能认为这些品质有些古怪，

730　对美德的爱，和对上帝的敬畏！

这样的朋友防止了将要发生的，

一个粗鄙的脾性就像我们的生活

保持整洁仪表的光鲜，

就像那些穿梭在忙碌场合的人。

735　至于独处，一些人可能会抱怨，

似乎一个避难所，就是一个坟墓，

一个墓穴，活人躺在里面，

所有美好的品质都会生病死亡。

我赞美这个法国人，他的话是精明的，

740　"多么甜蜜，独处是无与伦比的甜蜜！

但仍然赐我一个朋友在我的幽居，

我可以对他低语，独处是甜蜜的。"

然而不是这些欢乐，也不是别的什么

贪欲可以要求的，或者财富可以提供的，

745　能够将我们拯救出单调的日子，

洗去平静生活的沉闷；

用心享受的，或者努力追求的

神圣的融合，一定能充实空虚。

哦！神圣的艺术，生命把

750 　最欢畅的季节和宁静的结束归功于你，

　　　被一个有赖于诅咒的世界诅咒，

　　　诅咒每天都身处其中，不堪其重的恶，

　　　不认识你，我们用流血的手收割

　　　荆棘的土地上恶臭的花朵，

755 　经验错误地提醒我们，

　　　看似抓住了幸福，结果发现是痛苦。

　　　沮丧，在她的悲伤里自暴自弃，

　　　放弃了她自己的安慰失魂落魄；

　　　嘟嘟囔囔和不知感恩的不满，

760 　鄙视折磨幸运的暗示；

　　　懒惰和厌倦产生的刻薄

　　　像发酸的酒一样苦涩；

　　　这些和萦绕心怀的一千种疫疬

　　　钟爱世俗的休息的幻象，

765 　神圣的融合追赶，就像白日

　　　把驯顺的猛兽赶回它们的洞穴。

　　　看见犹大的应许之王[1]，丧失一切，

---

1. 大卫（约前 1040—约前 970），生于伯利恒（今巴勒斯坦），是犹大支派耶西的第八个儿子，早期为牧羊人，在成长过程中战胜了敌军腓力斯丁人请来的帮手——巨人歌利亚而受到了扫罗王赏识，后来因躲避扫罗王追杀，四处漂泊流浪，扫罗王战死后他做了以色列王，从而建立了统一的以色列联合王国，定都耶路撒冷。大卫死后，其子所罗门继承王位。大卫生前建立了统一而强盛的以色列王国，对后世的犹太民族和世界都产生了巨大影响。参考《撒母耳记上》第 19 章。

被驱逐离开扫罗王的面前，

孤独的流浪者逃到遥远的洞穴，

770　去寻找一个暴君的皱眉否认的和平。

听到他嘹亮的歌声甜美的重音，

听到他充满忧伤，但仍然欢乐。

女子气或者恸哭的悲伤没有立足之地，

也没有一个片刻，在他高贵的心里；

775　这是男子的音乐，像是殉道者所作，

带着欢欣为了救世主而慷慨赴难：

他的灵魂高涨，希望使他的诗篇激越，

幸运的感觉燃烧成颂歌，

熟悉狮子咆哮的荒野，

780　响起此前从未听闻的狂喜的声音：

像他一样的爱能够孤身打败

仇敌，或者使荒漠变得甜美。

宗教不谴责或者排斥

清白追求的无数的欢乐。

785　去学习文化，用巧妙的劳动

去改良和驯服顽固的土壤；

去给予各自不同但都很肥沃的土地

它们需要的谷物，牧群，或者树木；

去珍惜卑贱之身的美德，

790　分享慷慨可以创造的喜悦；

去留意无与伦比的力量的运行，

在它的种子里隐藏着未来的花朵，

努力使它们以优美的形式璀璨夺目，

这些以颜色，那些以香味怡人心神，

795　　使自然显现，天空的女儿，

在大地上跳舞，惊异所有人的眼睛；

去教画布无辜的诡计，

或者把风景放在雪白的纸张上；

这些，这些都是清白无罪追求的艺术，

800　　不会在时间之翼上留下污点。

我的诗歌（毋宁说勉强徒劳地以诗为名的笔记）

避而不谈更重要的事情，

沿着蜿蜒流淌的乌斯河飞驰；

我将感到满意，如果与世隔绝的我

805　　能够博得一位导师的，而非一个诗人的赞赏，

我在教授一门鲜为人知的艺术，

智慧地结束生命，而没有虚度。

（1781 年）

咏鱼的高价

椰子倒没什么，

鱼太贵了，

没有什么必须购买

对我们住在这儿的人来说。

市面上所有

我见过的龙虾，

没有一个值得

六便士一个螯。

所以，亲爱的夫人，等到

鱼能够买到

价格不贵，

不管是不是龙虾。

等到法国和荷兰

退出海域，

那时想送多少，

送多么频繁，只要您乐意。

（1781 年）

诗人，牡蛎，和感性的植物

一个被抛在岸上的牡蛎

被听到，虽然此前从来没有人听到，

言辞清晰地抱怨，

因此值得被记录：

"唉，倒霉的可怜虫！只能

永远住在天生的贝壳里，

注定只要其他人乐意就得迁移，

不是为了我的惬意或者舒服，

丢过来，扔过去

一会儿在水里，一会儿在岸上。

最好生成一块石头

粗糙的形体什么也没有感觉，

好过像我一样柔软，

拥有如此敏锐的感性！

我羡慕那没有感觉的灌木，

很快地扎根抵挡每一次摩擦。"

他提到的植物就在不远处，

感觉到满是鄙夷的嘲笑，

被伤害，被轻视，被侮辱，

严厉地回击。

（什么时候，植物学家看着，叫道，

植物变成所谓感性的？

不论什么时候——诗人的缪斯

将使它们在她选择的地方生长。）

"你碟子里面软趴趴的鬼东西，

你不过是连鱼都算不上的东西，

我诅咒你无礼的影射，

在我看来，我有最多的场合

希望我自己是一块岩石，

或者像你一样的傻瓜。

许多严肃博学的牧师，

还有许多快乐的目不识丁的小伙，

用好奇的接触试探我，

是否能够像他一样感觉；

当我弯腰、休憩、和摇摆，

他说，'很好'——不止一个人这么认为。

因此生命就被浪费，哦，呸

在被接触，然后喊道'不要'。"

一个诗人正在夜间散步，

听到了并且制止了这场闲聊。

"你敏锐的感觉，"他说，"还有你的

不论它承受什么恶行，

如果这么容易被冒犯，不值得，

那么被怜悯或者赞颂。

争吵虽短，已经够长，

你们两个都是错的；

你们的情感全部

都是为了你们自己。

"你封闭在你洞穴一样的房子，

抱怨着因此被暴露，

然而什么也感觉不到在那样粗粝的外壳里，

除了刀子抵在你的喉头，

不论是被风还是潮汐驱使，

都把每种忧患排除在外。

"至于你，我的神经质女士，

把每一次接触都当作污迹，

即使目之所及的所有

装饰周围风景的植物

在他们生长的地方萎蔫，凋零，

你都不会有一丝动容，你不会。

通过怜悯，同情，和爱

最高贵的心灵证明其美德；

那些，那些是真正敏锐的感情，

证明它们的主人是半神。"

他的批评触动了他们，就在他说的时候，

两个都通过摇摆表示明白。

（1782 年）

灌木

在一个受折磨的时期所写

哦，快乐的树荫！对我来说却是不幸！
对和平友好，但不是对我！
多么糟糕，提供休憩的风景，
和不能平静的心灵，相悖！

玻璃一样的溪流，穿过松林，
那些桤木迎风瑟瑟，
可以舒缓一个伤得比我更轻的灵魂，
还可以取悦，如果有任何东西可以取悦。

但是顽固的不可改变的忧虑
不能放弃她内心的感受，
在到处展示同样的悲戚，
罔顾季节和风景。

对于在森林和草地取乐的人们，
当和平占领了这些寂静的凉亭，
收起她活泼的笑容，
已经剥夺了它的优美和力量。

圣徒或者道德家应该践履

这条长满苔藓的小道，缓步

他们像我一样寻找秘密的荫蔽，

但不像我，滋生忧愁。

硕果累累的风景和荒凉的地方，

同样告诫我不要去踏足，

这些告诉我欢乐已逝，

那些告诉我悲伤将至。

（1782 年）

伯恩 (Vincent Bourne) 新拉丁文诗的英译

萤火虫

在树篱底下或者河边，
一只小虫分明离队了，
在夜色里发射出一束光线，
在白天消失不见。

争论从他的射线发散的时候
就存在，至今仍然流行；
有人把荣誉归于他的尾巴，
其他人归功于他的头。

但这是一定的——点亮天空的
权力之手，
赋予他点滴之光
和他的尺寸恰成比例。

可能仁厚的自然意欲
通过恩赐一盏灯，
使旅人，当他经过的时候，

小心踩踏的地方；

不踩死虫子，他有用的光
虽然微弱，可以帮着，
照明夜里的挡路石，
使他免于跌倒。

不论她意欲何为，这个神圣的真理
是清楚直白的，
全能的力量使他发光，
不是让他白白发光。

汝骄傲而富有，让这个主题
把简单的思想教给你，
因为这样一个爬行动物也有它的珍物，
流溢着它的光彩。

寒鸦

曾有一只鸟，根据他的外套，
和他沙哑的歌喉，
可以被断定是一只乌鸦；
一个教堂的常客，

像主教一样他在那里找到栖处，

也是一个宿舍。

在尖顶上一个盘子闪亮，

转了又转，指示

风从何处起；

向上瞧——你的脑子开始晕眩，

它在云层里——这让他快活，

他高高兴兴选择了它。

喜爱这个推测的高度，

他展翅高飞到了那儿，

从那儿能够看见

发生在下面人间的

喧闹和稀奇景象，

安全而又惬意。

你认为毫无疑问他坐着会想

未来摔断的骨头和挫伤，

如果他将来不小心掉下去；

不，没有一个像这样的念头

占据他哲学的头脑，

或者有一点侵扰它。

他看到这个大环岛，

这个世界，和它所有杂多的聚集，

教堂，军队，医学，法律，

它的习俗和它的商业，

全都和他没有一点关系，

然后说——他说什么？——"呱。"

格外快活的鸟！我也已领略

人世种种虚荣，

已经厌倦看到它们，

心甘情愿放弃这副四肢

为了一对像你一样的翅膀，

和两者中间的那颗脑袋。

蟋蟀

小同居者，充满欢乐，

在我厨房的炉灶前唧啾；

不论哪儿是你的居处，

都是吉祥的兆头，

为了你温暖的幽居报答我，

用一支更加柔软和甜蜜的歌曲，

作为应答你将收到
这样一首我给予的旋律。

对你的赞美将就此表达，
无害的，受欢迎的客人！
当大鼠在小心侦察，
小鼠带着灵敏的鼻子，
还有其他害虫出没
每一个盘子，糟蹋最好的东西；
在炉火前雀跃，
你就已经心满意足。

虽然在嗓音和形状上它们
被创造得仿佛和你相似，
但你出类拔萃，要幸福得多，
是最幸福的草虫；
它们只有一支夏天的歌，
你却持续了整个冬天，
未受削弱，尖利，清晰，
旋律贯穿一年始末。

既不是黑夜也不是黎明
能给你的演奏画上句点。

歌唱，然后——扩展你的生命

远超人的期限；

可怜的人，他的年华被虚掷

终日牢骚，

即使衰老，也没活到，

你一半的年寿。

鹦鹉

渲染的羽毛华丽地装扮，

一个瑰丽炫目的东方土著，

经过无数波涛的颠簸，

波尔最终抵达英国海岸，

成为船长珍稀宝藏的一部分，

献给他的心上人的礼物。

贝琳达的女仆不久就被吩咐

时不时教他一个词，

因为波尔能掌握它；

但她自己的重大职责

是让他整体上提升，

使他成为一个十足的机灵鬼。

"甜蜜的波尔！"他宠溺的女主人叫道，

"甜蜜的波尔！"模仿的鸟儿应声道，

为了食物叫得格外响亮；

她接着指导他接吻；

这是轻吻，像小姐一样，

这是热烈的响吻。

首先他找准他要听的，

把他的双耳贴近倾听，

刚刚抓住声音；

立刻就嘹亮地发声，

给人群带来巨大的娱乐，

震惊周围的邻居。

他幽默的天赋接着使用

一个爱发牢骚的老妇的声音，

他咒骂和撒谎。

他一会儿唱歌，一会儿装病，

"来，萨莉，苏珊，快来，

可怜的波尔可能要死了。"

贝琳达和她的鸟！很少

遇到这么默契的一对，

语言和音调，

每一个角色的每一个性格

保持着如许的优雅和艺术，

配合得恰到好处。

当孩子刚开始说话，

蹦出一个音节，

我们觉得他们是乏味的造物；

但是困难可以陡然减轻，

当鸟儿要被教瞎叫，

女人从来不吝赐教。

（1782 年）

玫瑰

玫瑰已经洗净，刚在阵雨中洗净，
正是玛丽给安娜带去的那枝，
花朵上压着充盈的水珠，
让它低下美丽的头颅。

花杯已斟满，枝叶已经打湿，
在善于想象的人看来，
这枝花正为离开众花骨朵羞愧地饮泣，
它也曾在葱郁的灌木上生长。

我匆匆地抓住它，虽然它已不适合
做成花束，浑身绵软湿润欲滴，
但我还是粗暴地摇撼，简直过分粗暴！
我折下花枝，它掉落在地。

我高声宣告，这无异于冷酷
正是精致头脑的所作所为，
不惜绞干或打破心灵
已经向悲伤投降的心灵。

这枝雅致的玫瑰，假如不是我曾摇撼，
或可以与其主人依偎盛开几宵；
那撕裂之处，已经用温文之言擦拭，
或许可以博得一个微笑。

它似乎为离开生长其间的茂盛灌木
含恨哭泣，那里还有朵朵花苞。

我草率地拈起它，因为它不适合
作为花束，雨淋淋，湿漉漉，
粗鲁地摇晃它，太过粗鲁，唉！
我弄断了它；它掉到地上。

"这是，"我喊道，"精致头脑
导演的戏剧中冷酷无情的部分，
忍心蹂躏和伤害一颗
早已承受伤悲的心灵。

优美的玫瑰，要是我晃得轻一些，
也许还能为它的主人开放一阵儿；
眼泪被轻声细语拭去，
说不定微笑接踵而至。"

（1783 年）

一个野兔的墓志铭

他在这儿躺着，猎狗从未追逐，
更加敏捷的灵缇也没有尾随，
他的脚从未沾染早晨的露水，
耳朵也没有听过猎人的呼喝。

老特内，他的种类中最暴躁的，
无微不至地精心照料，
被限制在家庭的范围以内，
但仍是一个不羁的雄野兔。

虽然他按时从我手里得到
他的补给，每天晚上，
他过来的时候却带着忌恨的眼神，
有机会，就会撕咬。

他的饮食是小麦面包，
牛奶，还有麦片和秸秆；
而不是蓟或者莴苣
和着沙子冲刷他的肠胃。

他喜欢山楂树的小枝，
苹果红褐色的果皮，
当他多汁的沙拉没有了，
切片的胡萝卜也让他愉快。

一片土耳其地毯是他的草坪，
他喜欢在上面蹦跳，
像小鹿一样上蹿下跳，
摇摆着他的屁股。

他的雀跃是在午夜时分，
因为那时他抛下了他的恐惧，
但大多时候是在阵雨将至，
或者风暴迫近的时候。

整整八年零五个月
在他眼前溜走，
在百无聊赖的正午打盹，
每天深夜玩乐。

我养他是因为他的有趣，
他经常会逗乐
我充满痛苦思想的心，

使我发自内心微笑。

但现在在胡桃树下，
他发现他最后的家，
等待着，被安放在温暖的隐蔽处，
直到更加温柔的喵咪前来。

他，更加年长，感觉到震颤
来自无计可施的地方，
接着，特内房间里的伙伴，
不久将会分享他的坟墓。

（1783 年）

忠诚的鸟儿

绿树环绕的宅邸是我夏天的居处；
我的灌木从偏僻处移植而来
享受着开阔的空间；
两只金翅雀，活泼的歌声
是他们长期相互的慰藉，
在那儿做着快乐的囚徒。

他们轻快地歌唱，就像那些
自由地振着金翅，
在他们的快乐天地里嬉闹的鸟雀一样；
自由的陌生人，的确，
他们从来没有尝过那种欢乐，
因此也从来不会怀念。

但是自然在每一个胸膛勃发，
不会轻易被暴力镇压；
迪克感觉到一些渴望，
经过许多次徒劳的努力后，
这份渴望终于指导他找到了
铁丝间的一个出口。

这个洞开的窗户似乎邀请

自由者远走高飞；

但汤姆仍然身陷囹圄；

迪克，虽然他的路是明朗的，

过于慷慨和真诚

让他不忍抛下他的朋友。

所以留在他的笼子旁，通过游戏，

啁啾，亲吻，他似乎在说，

"你永远不会孤独生活"；——

他没有改变选定的立场

直到我，用轻缓和谨慎的手，

把他放回自己的位置。

哦汝，永远不会尝到友谊的

快乐，满足于喧闹，

凡丹戈舞，板球，和宴会！

你一定会脸红，当我告诉你一只鸟

偏爱有朋友的监狱

胜过外面的自由。

（1783 年）

狗和睡莲

非寓言

一个阴翳的正午，清风
扫过乌斯河平静的波澜，
当我从文学事务中脱身，
漫步在他的涯岸。

我的西班牙猎犬，他的种类里最俊美的，
血统上最高贵的，
（猎犬为我发现
两个优雅美丽的宁芙）

一会儿嬉戏，消失在鸢尾和芦苇里，
一会儿又出现在视野里，
追逐草地上低飞的燕子，
燕子几乎不能飞得再慢了。

这时乌斯河展示
他新近吹开的睡莲；
我专心研究它们的美，
希望自己能拥有一朵。

我用手杖远远地够，企图
把它拨近陆地；
但这个尤物，虽然触手可得，
还是逃离了我饥渴的手。

保尔注意到我未得的失望
和费尽心思的脸，
用他疑惑的狗脑袋
去考虑这件事情。

但我用清晰而有力的呼喝
驱散了他的梦想，
我从那里撤回，跟着
河流的蜿蜒远足。

我的漫步结束了，折返归家；
保尔，在前面远远地小跑，
又一次认出了漂浮的花冠，
向下俯冲离开了河岸。

我看见他带着咬下的睡莲
迫不及待地游泳，迎向

快速逼近的我，很快他丢下
珍宝，在我的脚边。

被这样的场景打动，"这个世界，"我喊道，
"将听到你的这个行为：
我的狗将使一切骄傲低头
即使还有更高贵的狗类品种：

但最重要的是我将教诲自己，
对责任的召唤保持警醒，
去展现像你一样迅疾的爱
给赐予我一切的祂。"

（1788 年）

顽皮的牛

在作者的建议下被他的主人卖了

走吧！你不适合分享
这个地方的快乐
和老佃农这样怡然自得的生灵，
更加温良的族类。

松鼠想到冬天的风暴
在这儿预备贮藏，
啄木鸟在粗粝的橡树
侧面探寻害虫。

绵羊用她羊毛的摩擦
清理纠缠的荆棘；
我在这儿早晚散步，
像她一样，和平的朋友。

啊！我会怜悯你被逐出
这个安宁的幽居——
这是无价的寓所
让我成为幸福的伟人我也不会交换。

但你不能尝到平淡的幸福；

你的欢乐是去在争斗中

展示你的勇气，

你的技巧，——所以，走吧！

不管东边还是北边，

我可能再也不会看见你；

愤怒的缪斯高歌引你向前，

关上了你身后的门。

（1790 年）

索隐的猫

一只诗人的猫，沉着而冷静，

正如诗人非常希望拥有的，

格外着迷探寻

她可以隐藏的角落，

在那儿，就像老鼠在罅缝里一样安心，

她可以休憩，或者蹲坐和思考。

我不知道她从哪里得来妙计，——

可能自然从一个

睿智的模子铸造了她，

抑或她从主人那里学会了它。

有时优雅地攀爬

一棵苹果树，或者高高的梨树，

便宜地蹲踞在树权上，

观看正在工作的园丁；

有时在一个废旧的空水罐里

寻找她的安逸和慰藉，

那儿什么也不缺，除了一个崇拜者，

似乎坐在软轿上的宁芙

穿着最得体的衣服，

准备入宫赴宴。

但对改变的热爱似乎不仅在我们

更智慧的族类里占据一席之地，

猫儿也和我们一样，

所以她也感觉到了激情的力量。

她开始觉得，攀爬

让她经受太多狂风的劲吹，

老旧的锡罐里面

冰冷而不适：

因此她希望离开这些地方

找到一处更宁静的休憩之所，

那儿寒冷不会来袭，狂风

也不会粗鲁地肆虐她的毛发，

以最可能的方法寻找它

在她主人温暖的居室。

一个抽屉，它碰巧，底子衬着

最柔软的那种亚麻布，

就是商人们从印度

引进，供妇女使用的那种，

这个抽屉压在别的抽屉上，

在最上面的柜子上半开着，

足够的深，也没有别的东西占用，

邀请她在那儿休息；

猫咪带着溢于言表的喜悦

调查这个场地并且占领了它。

舒服地躺着，不久，

被她自己单调的歌声催眠了，

她把生活的忧烦抛在脑后，

像是在睡最后一觉，

这时，带着主妇心境的，

女仆进了屋，顺手关上了它，

没有任何恶意，

只是无心之举。

"没有注意到猫吗？

我看到，有一个打开的抽屉，

只想去验证一下是否合适当窝，

很快我就轻松入梦

直到女仆进来，它被合上。

多么细腻的方巾多么甜蜜！

哦，多么精致的幽居！

我将逆来顺受去休息

直到索尔降落在西边，

将传唤晚饭，那时，毫无疑问，

苏珊将来放我出去。"

夜晚到了，太阳落了，

猫咪仍然没有被注意到。

长夜渐渐地滚开

（对她而言事实上始终没有白天）

活泼的清晨让她从头开始，

接着又是晦暗的夜晚，

猫咪是否被埋葬并不比

昨天更多地进入脑海。

被饥饿绞痛，被空间挤压，

她现在预感到迫在眉睫的厄运，

不敢合眼也不敢打呼，

经验着招致的祸患。

这个夜晚碰巧，细心的诗人

听到一阵奇怪的抓挠声；

他高贵的心开始怦怦地跳，

他对自己说——"那是什么？"

他拉开手边的窗帘，

向外瞭望，但一无所获；

然而，经由耳朵指点，猜到

什么东西被困在柜子里，

疑惑，用缜密的心思，

什么中断了本来持续的声音。

最终，一个他非常熟悉的声音，

一声悠长而忧郁的"喵！"

向他诗人的耳朵致意，

安慰了他，驱散了他的恐惧；

他离开床，穿过地板，

很快去搜寻抽屉，

从最下面开始，依次

直到最上面；

这是一个众所周知的真理，

无论什么东西丢了，

在我们找到它之前，会在

每一个缝隙寻觅，除了正确地方以外。

猫儿跳出来，现在不像

过去那样充满盲目的自大，

也不再偏执地沉溺于

引起全世界的关注。

而是谦卑，庄严，治愈了

她所有的夸张的念头，

渴望一个休息的地方

除了柜子以外的任何地方都行。

随后诗人上床睡觉

带着脑子里的反思：

道德寓意

小心过于高估

你自己的价值和分量。

把自己想得如许伟大，

觉得自己如许重要的人，

在他做过所有的事情中

一定只为他自己考虑和行动，

将在苦难学校中知道

他的期望有多么愚蠢。

（1790 年）

亚德利橡树

几乎唯一的幸存者，所有

我出生的时候生活在这里，你的兄弟，

（从那时起我已经数过六十个冬天）

一个精疲力竭的老兵，可能已经空心，

现在，只剩下剥蚀的枝杈，

岁月的残骸！——一颗充满

神圣真理的心灵，热爱祂的造物，

我可以崇敬地下跪，祭拜你。

这像是某种程度的偶像崇拜

当我们的祖先德鲁伊特[1]在他们的橡树下

想象神圣。尚未

被真诚的赦免行动，

神圣的血的报酬纯化的良心，

不爱光明，而爱浓密荫蔽的

幽暗，就像偷尝禁果后的

亚当，逃到一处避难所。

你曾经是一个玩物；小宝宝玩耍的

---

1. 德鲁伊特，古代英国人的祭司和哲学家，约翰逊在《英语词典》中认为"Druid"这个词可能来自希腊语的橡树。

杯子和球；小偷似的松鸦，

寻觅她的食物，轻而易举就盗窃了

包孕你的红褐色坚果，吞下

纵然有层层叠叠的枝叶阻挠

你蕴藏无限的胚胎也囫囵吞下。

但是命运裁定你的生长；秋天的雨

松软了你父亲树下的土壤

成了你的摇篮；蹦蹦跳跳的小鹿，

尖利的蹄子在地上踩出洞穴，准备了

柔软的容器，在那儿，

你的胚胎可以安全地越冬。

这就是幻想编织的梦。如果你可以，就证伪它，

过于清醒的推理者，你紧凑的论证

研究，经常误用，

筛走了短暂人生一半的乐趣！

你逐渐落地；在肥沃的土块上

凭借内在的植物的力量勃发

冲破外壳，就像传说的孪生兄弟，

现在的星星[1]；两片突出的叶，恰是一对；

---

1. 卡斯托尔与波吕克斯是丽达的孪生子，据说从同一个蛋中出生。波吕克斯是宙斯的儿子，因而是不朽者；卡斯托尔是延德尔斯的儿子，因而是有死者。卡斯托尔死后，波吕克斯请求宙斯与同母异父的兄弟分享不朽，宙斯同意了。所以，他们两人轮流在冥府与奥林匹斯生活。后来，他们就成了天上的双子星座。

一片叶子，接一片叶子，

一切的要素敦促稚嫩的你

顺利成长，你变成了一个小枝。

当你这样的时候谁和你一起生活？哦！你可以言说

像你在多多那[1]的同族一样

神秘，我无意探问

未来，最好不知，但想要

从你嘴里得知清清楚楚的过去。

通过你我可以纠正，经常出错的，

历史时钟，给事实和事件

更加准确地定时，发现

未被记载的事实，将扭曲的改正——

绝望的尝试，直到树将再次说话！

时间曾经使你成为你所是，森林之王；

时间现在使你成为你所是，一个洞穴

供猫头鹰休栖。曾经你伸展的树枝

---

1. 多多那，古希腊宗教圣地，位于伊庇鲁斯地区。《荷马史诗》记载，多多那很早就是祭祀活动的中心，有著名的宙斯神庙及其旁的神示所，由皮拉斯基人建造。管理的祭司称塞洛伊（selloi 或 helloi），由他或由两三名老年妇女（peleiades）通过辨听橡树叶被风吹动所发声音传达神示。公元前 219 年，埃托利亚人毁神庙和神示所。罗马帝国初期重建。1878 年开始发掘其遗址。现存修复的古剧场供每年举行的戏剧节使用。

蔽荫着原野；无数的羊群

站在你宽敞的袍子下吃草

也不拥挤，安全地躲过风暴。

现在羊群不常光顾你了。你已经

过了盛期，被变成了

（除非诗歌短暂地挽回你）一个

被遗忘之物，就像你青春的叶子。

因此当你已经经历树的所有

阶段——起初一个幼苗，藏在杂草里面；

然后小枝；然后树苗；随着世纪缓缓滚动

一个又一个世纪，一棵参天大树

魁伟的腰身，凭借青苔层叠的根

高擎于大地，树干因为

突出的球瘤而凹凸不平，直到最终

腐败，时间被控诉施加

在其他威猛之物上的灾难，也被发现在你身上。

多么不同的展览让世界

见证了一切的多变

我们在下面要详细地解释！

变化是一切赖以为生的饮食，

被创造得可变，变化最终

毁灭了他们。向阴晴不定的天空

辐射热量使它晴朗无云，阳光

现在熄灭在无边的乌云之海，——

平静和风暴交替，潮湿和干旱，

轮流激动生命之泉，

在所有的生灵里面，植物，动物，还有人

结果破坏他们。自然的线团，

擅长传达思想，即使是她最粗糙的作品，

以煽动为乐，而且维持

煽动的力量长久不衰；

但是，因为过于频繁的刺激而磨损，将

他们最美妙的音调的消散归因于此。

思想不会让它自己比较

你的命运的强盛与衰落，你

从几乎无有成长到

无可匹敌的庞然，然后式微，

慢慢地，如此悲壮的衰败。

从一只苍蝇，落在你的叶子上，

就能够撼动你的根——到现在

暴风雨也不能。在你最坚固的年纪

你的树干里面有结实的内容，

本可以做成舷肋，铺成甲板，

旌旗飘摇的舰船，弯曲的胳臂，

船匠喜爱的宝贝，暴露

在四季的海风，牢固而勇敢，

轷压成坚韧的肘材[1]，多重的承担！

但斧头饶过了你。在那些更简朴的日子

橡树还站着，尚未被上千人砍伐，为了满足

议员荣耀豪奢的无底的

竞争需求。因此对时间来说

交给他的任务就是削弱你

用他狡猾的长镰，它不停啃啮的锋刃，

无声地一点一点

和其余部分脱离，不被觉察

已经完成了劳作，也是它曾经由人执持，

把又深又宽的森林变成圆环。

已经被掏空，古老的你

一无所有除了挖空的树皮，——好像

一个巨大的喉咙，向乌云索求饮水，

它将给予水流滋养你的根，——

你吸引不了任何人，只能阻止

伐木工的辛劳，因为你无以为报。

然而你的根是真诚的，坚如磐石，

顽强激励的富矿，纠缠的尖牙，

被扭曲成一千个幻想，抓紧

---

1. 肘材通常由橡树的枝条制成，因为它们有一定的曲度，便于被调整到甲板和舷板遇合的角度。

僵硬的土壤，使你保持直立。

所以一个王国矗立，它的根基

立于德性和智慧，还没有颠覆，

虽然所有的上层结构，被唯利是图

的牙齿粉碎，一个躯壳

现在站着，不过只是徒有其表！

你的胳臂已经离开了你。狂风撕扯下它们

很久以前，原始森林里的徒步者

背着弓和箭，燃烧了它们。一些树留下

碎裂的树桩，被漂白成雪一样；

一些树什么纪念也没有留给他们生长的地方。

然而生命仍然徘徊在你身上，给出

她不可被轻侮的证据，

即便死神已在那里统治。春天

发现你对她甜蜜的力量并不迟钝，

比起那儿附近森林的新生力量，

这么多你的后生，他们的出生

在你诞生五百年后。

但是，虽然年高德劭有资格

教训，没有精力储备，也没有声音

被指望由你发出，坐在这儿

你虬盘曲折的根，没有一个听众，

或者提词者，除了这个平台，我将

自己扮演祭司，尽我所能

在我耳朵发布这样的话语。

独自一人，我们所有人的父亲，

不是从女人那里得来生命；从不凝望，

带着对眼前事物沉默的懵懂，

他的周身；不是循序渐进地学习，

也不把表达归功于他的耳朵；

而是，由他的创造者铸造成人，

立刻就能机敏地直立，研究

一切造物，精确地理解

他们的目的，用途，性质，给

每一个指定意味深长的名字，充满

爱与智慧，在和谐的赞歌中

回报苍天他吸的第一口气。

他是免于无聊惩罚的

少数。没有老师赋予他

记录思想的羽笔，或者让他的思想

负担问题。历史，不受欢迎，

倚着她的手肘，看着时间，他的旅程，

波澜壮阔，应该为她提供一个主题。

（1791 年）

致夜莺

作者在元旦听到它歌唱

那是谁的声音？我惊讶地聆听，
从那边凋零的树枝传来，
新年的头一个早晨，
五月的旋律。

为什么，虽然上千人满足于
耳闻这样的祥瑞，
我被从人群中挑选出来
单独瞩目它？

你对我歌唱，甜蜜的菲洛梅拉，
因为我也长期
在树林中练习，像你一样，
虽然不能像你一样鸣啭？

你歌唱是听命神圣
谕令的力量，
受意去预兆即将到来的
幸福日子？

非常欢迎！我曾度过

漫长而无趣的许多年，

像你今天这样，抛出我的歌

在冬日的天空下。

但是冬日的天空不能伤你分毫，

只需要歌唱，

让即便是一月也变得迷人，

每一个季节都是春天。

（1792 年）

咏一个叫保尔的西班牙猎犬，咬死一只小鸟

一只西班牙猎狗，保尔，像你一样，
衣食无忧，生活惬意，
本应该更聪明不会去追逐
他看见的每一个小东西。

但你咬死了一只小鸟，
直到今天他才会飞，
违抗我的命令，你听到
我严禁你捕猎。

你杀害不是为了食用，
或者释放狗的痛苦，
虽然带着怒火追赶，
杀死了他便弃之如敝屣。

他既非贼类，
或者嗜血之徒，
他的活动全是无辜，
你的消遣却是把他撕碎。

我的狗儿！还有什么补救，
虽然尽我所能教诲你，
我看你，在我痛苦之后，
如此地和人相像！

保尔的回应

先生，当我跑去抓住这只鸟
虽然你的告诫言犹在耳，
我听到一个比你还要响亮的声音，
更难抗拒。

你喊道"克制！"——但在我的胸膛
一个更有力的叫喊"前进！"——
它是自然，先生，它强硬的指令
逼迫我行动。

然而正如我尊重自然，
我也曾经敢于驳回
（像您可能会回忆的那样）
她的命令为了您的原因；

当有一天你的红雀，

走出他的囚门，

扇动他的全部力量飞走，

却气喘吁吁地扑在地上；

清楚他是一个珍稀之物，

不属于我的口腹，

我只是亲吻了他凌乱的翅膀，

舔平了羽毛。

让我彼时的服从为

我此时的不服从辩护，

也不要拒绝对你自己的责备

来自您受委屈的汪汪。

如果杀死鸟儿是如此的罪愆

（我几乎看不出来），

那您，先生，消磨时间

写诗向我布道算什么呢？

（1793 年）

II

物品诗与早期全球化思想

诗，写于巴斯，发现一只鞋的后跟

幸运！我感谢你：温柔的女神，谢谢！

我的缪斯，虽然羞怯，但不会否认

她会对你心存感恩，假如你在

她的路上抛下宝物；她无意于寻求酬答

既不冀望早餐驱除恼怒

和饥肠辘辘的胃绞痛，

也不乞求正午的盛宴或晚上的冷菜，

这可能有点自大

修鞋匠，皮革雕刻的艺术家，也许正需要这些！

既便如此她会感恩，接受你的惠赐，

无论何物；不会像以前传说的公鸡，

自以为是的傻瓜，不知道他拥有什么，

唾弃你给予他的珍宝。为什么，啊！

为何你不能把这份偏爱（显然更宝贵）

赋予我，女神？你说，你是盲目的：

确实！你的盲目解释了这件事情。

但我的缪斯并非没有获益

你稍许的宠溺也值得珍惜；——甚至暗示

在这儿发现了重要的明智的哲理，

光明的线索，使我的诗更有深意。

打孔的兽皮制成的厚重鞋跟，

紧实，用许多排钉子钉牢，

偶尔（因为它如此结实的形式表明）

支撑粗野的农民沉重的

脚步：穿着它他经常迈着

不雅的大步，沿着犁过的土地，

压平僵硬的土块，直到残酷的时间

（时间什么时候不残酷呢？）迈着嘲讽的脚步，

割裂了严格的连贯；当，唉！

他，从前平稳的步伐，

端正地走在命定的路途

镇定自若，现在，一边

缺损和跛脚，浪荡子的消遣

诅咒他脆弱的支撑，隐患的支柱！

迈着辛苦的脚步，艰难的，移动。

经常遭遇这种事情的不是

卑贱农民的脚：而是政治家，

走上骄傲雄心引导的陡峭道路，

饥渴的，片刻不停地盘旋

他的锦绣前程；不害怕糟糕的失败，

当政策畅通，朋友信任：

但支持很快消失，他

最依赖的人们离开，——彻底被离开，

背叛，抛弃——从危险的高处

他一头跌下，拖着失望的重负

度过余下的人生。

（1748 年）

辊压机

一个例证

当纯质银块或者金锭
被送去压薄或者拉长，
经常要经过两个铁辊，滚动
在最强有力的机械上。

因此被撕拉和挤压，结果它看起来
像是一堆宽松的丝带，闪闪发光，
它在你耳边叮当作响像是音乐，
因为压力而被加热所有薄片还有红光。

这个过程完成，它注定要遭受
金箔工的榔头一下又一下的锤击，
最终服务于疾病和痛苦
去包裹药片为一个精致的上颚。

唉对诗人来说！敢于承诺
敦促国家沉疴旧病的改革——
他的头脑和心灵可能也要经受
榔头和机械的双重改造。

如果他希望指导，他必须学会取悦，

平坦，延展，光滑，他的妙想必须流行，

必须叮当和闪耀像金子一样的景象，

在过程中散发着可见的光芒。

最后，他必须把它打得又薄又美

就像包藏病弱者吞咽之物的叶子，

因为真理不受欢迎，无论如何神圣，

除非你装饰它，否则就会感到恶心。

（1781 年）

《任务》第一卷　沙发

我歌咏沙发。我不久前曾歌咏

真理、希望与仁慈，怀敬畏之心弹拨

肃穆的歌，颤抖的手也曾经

从危险的飞翔中满怀痛苦地逃离，

5　　如今在一个平凡许多的主题中寻求安宁；

主题平凡，但缘起无比恢宏

足以令人骄傲——是红颜[1]命我歌唱。

曾有一度，先祖一无所有，

华服陋衣，只有浑身手绘花纹。

10　　不曾有黑色的马裤，或平滑的丝绒，

柔软的天鹅绒，也不曾有蓬乱的长毛毯：

坚毅的首领站在崎岖的礁岩上，

被海水冲刷，抑或躺在铺满鹅卵石的海滩上

被咆哮冰冷的激流吞吐，

15　　无所畏惧的勇士，卸下疲惫的重量。

当蛮荒的岁月逝去，终于迎来

创造的诞生。起初如此孱弱，

---

1. 即奥斯汀夫人。奥斯汀夫人鼓励库珀尝试素体诗，库珀说自己没有钟意的题材，奥斯汀夫人回应道："你可以写任何东西，甚至以沙发为题。"

设计呆板，使用起来如此笨拙。

随后发明了褶凳；在三只脚上

20　稳稳站立。三只脚稳稳地托举

一块巨大的台面，或方正或浑圆。

在这个凳子上不朽的阿尔弗雷德[1] 端坐，

挥动着他年幼地盘的权杖：

如此这般在古老的厅堂和可怖的殿堂里

25　还可以看到；然而被凿穿的洞，

刺骨的疼痛，坚固的橡木

被饥馑的蠕虫完全吞噬。

最终更为体面的一代人

改良了简单的构造；三条腿变成了四条，

30　刻成虬曲的样子，

在椅面上，盖上了厚实的软垫，

再加上漂亮的盖布，又蓝又绿，

还有黄色与红色，挂毯繁复精致

细密地缝制，针脚无懈可击。

35　上面你可以看到盛开的牡丹，

玫瑰同时绽放，还有牧羊人与他的心上人，

宠物狗和小羔羊，睁着黑色的圆眼，

---

1. 即阿尔弗雷德大王（849—899）。阿尔弗雷德的武装反抗使英格兰西南部免于遭受北欧海盗侵占；作为伟大的改革家，他被认为奠定了英格兰海军和学术复兴的基础。

还有喙里衔着两颗樱桃的鹦鹉。

此时出现了来自印度的木杖，光滑锃亮

40　被自然上了漆，劈成几条

彼此交织，再裹上

细密的格子布匹，机器

的新奇产物，就做成了一把椅子。

但椅子并不安然；直立的背脊

45　拖累疲惫的胯部，无法休憩；

光滑的椅面背和与之交接的斜面

龃龉，双脚只能悬空垂下

交集无奈地寻找遥远的地面。

这些给富人；其余命运放置于

50　庸常境遇中的人，满足于

简陋的物质环境，坐在晒干的毛皮上，

毛皮硬朗不轻易塌陷，如玻璃般光滑，

这里那里都有一簇大红毛线，

偶然猩红绒线，固定在靠垫上。

55　假如可以称之为靠垫，却又如此坚硬

比做成骨架的坚硬橡木更为牢固。

阿尔比翁的幸福小岛再也不用感到或惧怕

木材稀少。木材繁茂

笨重地坐在自己壮硕的重量上。

60　但胳膊肘仍然没有依托；有人说，这些，是克里斯普门的市政管炮制而出；

有人将这个发明归功于牧师，

粗壮硕大的身子，谨慎地轻松。

然而，起初他很粗鲁，现在轻松斜躺

65   向后躺下，他们紧紧地靠着肋骨，

磨破了皮；高高抬起

教会高耸的肩膀攻击双耳。

漫长时间过去，我们粗犷前辈

不停抱怨，虽则极其不便地被困住，

70   后面也非常不安。女士们起初

也嘟嘟哝哝，温柔的性别一向如此。

天才的幻想，从来钟情于

委身取悦红颜，

听到了甜蜜的抱怨而心生怜悯，发明了

75   柔软的躺椅；一边一个靠手，

中间可以放上一只手肘，

分开却不分离，两只靠手成对出现。

就这样布伦特福德的宝座上坐着两位国王[1]；

两个外出呼吸新鲜空气的市民

---

1. "Two kings of Brentford"，布伦特福德的两位国王，出自白金汉二代公爵的戏剧《排练》（*The Rehearsal*，1671），布伦特福德的两位国王"驱除乌云坐上一个王座"。

80   微笑着塞进马车，挤成一团。

　　　　 但是慵懒的身躯的放松，

　　　　 舒展的肢体的斜倚，

　　　　 至乐被留给更幸福的日子；

　　　　 卓越之物的成长如此缓慢，

85   俗世臻至完美之境如此艰难。

　　　　 因此需要首先发明了凳子，

　　　　 便利接着指向了扶手椅，

　　　　 奢侈最终完成了沙发。

　　　　 女仆睡得香甜，她的鼾声惊扰了

90   照看的病人。午夜时分

　　　　 从马车夫座位上退下的他，

　　　　 在稍微安全的轿厢，

　　　　 把腿抵在门上，睡得同样香甜。

　　　　 助理牧师在他的桌子上享受酣眠，

95   乏味的教区牧师在他的头顶拖长调子，

　　　　 下面的教堂执事睡梦香甜：然而既非

　　　　 懒惰的女佣的睡眠，她的鼾声要吵死病人，

　　　　 也非午夜时分离开马车夫座位的他，

　　　　 歇在稍微安全的轿厢，

100   也非助理牧师在他桌子上享受的睡眠，

　　　　 也非教堂执事的打盹是甜蜜的，

　　　　 和沙发上的休憩比起来。

哦！我可以免受（当我

没有沾染骇人听闻的饕餮之欲）

105 　关节的剧痛，它出没于

浪荡子荒淫的脚趾。沙发适于

痛风的肢体，这是真的；我虽在上面，

但从未体会过痛风的肢体：

因为我喜欢乡间散步穿过小路

110 　丰茂的草地上挤满了吃草的绵羊，

荆棘丛繁密的织物来作

浓厚的裙边；喜欢乡间散步

凌越山丘，穿过峡谷，沿着河岸，

从孩童时代，我就旷课逾矩

115 　享受泰晤士河沿岸的漫步。

仍然记得，并非没有悔恨

悲伤从那时起就钟爱的时光，

多少次，我口袋的钱币消耗殆尽，

仍然饥饿，身无分文又离家在外，

120 　我以猩红的野蔷薇果和石头似的山楂充饥，

或者彤红的苹果，装点灌木的

浆果，黑如煤玉，或者素朴的黑刺李。

艰难度日！但不要鄙视孩子的

贪吃，未被烹饪艺术败坏的

125 　味觉也不要认为难以下咽。

那时没有沙发等我回去，

那时我也不需要沙发。青年很快

就能修复他疲倦的精神，长期劳作

招致的短暂劳累；虽然我们的年华，

130　随着生命衰退，飞逝而去，

但没有一年离开的时候盗走

老年乐意保持的青春幸福，

牙齿或者棕色的卷发，渐渐地

他们使卷发的长度和颜色不再变化；

135　不知疲倦的脚步的活力源泉

使攀登阶梯或者跨越障碍格外轻松，

双肺的游戏，自由地吸进又

呼出新鲜空气，使

矫健的步伐或者陡直的攀升对我来说并非难事，

140　流年都尚未侵夺；也没有损耗

我对美丽风景的雅趣：曾经抚慰

或者迷醉年轻的我的风景，虽然韶华不再，

我仍然觉得抚慰人心，使我仍然迷醉。

证人，我亲爱的散步伙伴，

145　我想这是第二十个冬天

他的胳臂紧扣我的，带着爱和欢乐，

被对你的价值的长期经验

和反复考验的德性折服，无需他物襄助，

见证已经延长双倍的愉悦。

150　你知道我对自然的赞美最为真诚，

我的狂喜不是念动符咒

服务于诗歌的浮华，

而是真心的，是自然的伙伴。

多少次在那个山丘我们的脚步

155　放慢停驻，我们迎着

汹涌的风却几乎没有在意它，

当欣赏吞下眼前的美景，

仍不满足，放眼远处的风物。

从那儿我们欢喜地辨认出

160　远处缓慢移动的耕犁，还有旁边

劳作的牲口，没有偏离行道，

壮实的小伙缩成了一个小娃！

这儿，乌斯河蜿蜒流经一片平原，

牛群散布在无边无际的草地上，

165　河水欢畅地引导眼睛跟随他迂回的

河道。那儿，牢牢扎根在他的岸上，

我们最爱的榆树，不容忽视地矗立，

屏蔽着牧人孤独的棚屋；

在更远处，任性的河流

170　像是熔化的玻璃嵌进峡谷，

绵延的坡地退入了云彩；

在它不同的方向展示

数不胜数的美丽的树篱，方塔，

尖塔，振奋人心的钟声从那里传来，

175   荡漾在倾听的耳畔；

树林，石楠，还有远处炊烟袅袅的村庄。

这样的风景一定是美丽的，每天观看，

每天愉悦，它的新奇经过了

天长日久的熟悉和经年累月的端详：

180   赞美理应属于我描绘的风景。

不仅乡村的风物，而且乡村的声音

也能提振精神，恢复

倦怠的自然的音调。雄劲的疾风

扫过广远无际的古老森林

185   的裙边，发出的乐声并非不像

大海的惊涛拍在他蜿蜒的堤岸，

或脑海中一曲精神的安眠乐，

无数的树枝在劲风中摇晃，

所有的叶子簌簌抖动，万籁交响。

190   同样的平静栖身于远处洪流

的咆哮，或者附近山泉

更轻柔的歌唱，或者淌过

岩缝的小溪，落在

稀松的鹅卵石上发出鸣响，最终隐没

195   在纠结的草场，用更加鲜活的绿色

透露他们宁静流向的秘密。

无生命的自然使用甜美的声音，

有生命的自然更加甜美，

去抚慰和满足人类的耳蜗。

200   一万只鸣禽振奋白昼，还有一只

占据长夜；不独这些，他们的歌喉

妙手的技艺望尘莫及，

纵是聒噪的秃鼻乌鸦，高翔于天，

盘旋逡巡的唳鸢，

205   松鸦，喜鹊，甚至预兆的猫头鹰

向初升的月亮致意，对我来说都有魅力。

这些声音本身不谐或者粗粝，

然而在和平永久统治的风景里听起来

只有在那儿，它们才非常悦耳。

210   和平让艺术家的奇思妙想

发明出晴雨盒，那个有用的玩具！

不惧潮热天气和倾盆大雨

男士站出来，我自己的象征；

更加纤弱的他羞怯的伴侣退回去。

215   当冬天浸透了土地，女士的脚

太过柔弱不能和僵土作战，

或者蹚过溪流，最好待在家里，

探索新发现的任务落在我身上。

在这样的季节承担着这样的责任

220　我有一次外出，发现了，直到那时还不知晓的，

一座小屋，此后我们经常过去：

它坐落在绿色的山顶，但

被一圈枝叶繁茂的榆树紧紧包围，

遮蔽着茅草顶，它自己不被瞩目，

225　窥视着下面的峡谷；被如此浓密

幽暗的树叶掩映，

我把这个低屋顶的住处叫作农民之巢。

因为它是隐蔽的，远离

那些令人不快的声音譬如在乡村

230　或者在城镇，萦绕耳畔的恶狗的狂吠

丁零当啷的锤子，轧轧的车轮，

还有欢喜或者痛苦的喧哗的孩子，

我时常希望这座和平的小屋是我的。

这儿，我说，起码我能拥有

235　诗人的财富，寂静，沉迷于

幻想的梦，平静而安心。

想想算了！那座宁静幽居的居住者，

花费了高昂代价才得到清静。

它崇高的位置让那个可怜人

240　喝不到甜美澄明的水；

他把他的碗伸入杂草丛生的沟渠，

满载他的饮料而归，

路途遥远而杯水车薪；时常等待，

依赖于面包师准时的叫门，

245 去听门外嘎吱作响的背篓，

愤怒而悲伤，他最后面包皮已经吃完。

所以告别对农民之巢的惊羡。

如果与世隔绝使生活资料缺乏，

那么社会更适合我！你虽然甜蜜，

250 在我眼中仍然是一个怡人之物，

我仍然会拜访，但绝不会是我的居所。

不远处，一行廊柱

邀请我们：古人品味的纪念碑，

现在被轻视，但值得更好的命运。

255 我们的祖先知道屏退炎热阳光

的重要，在他们荫蔽的道路，

和绵延的凉亭，日正当中享受

阳光削弱的幽暗和凉爽。

我们周身只有自己的影子；自己剥离了

260 其他屏障，流行单薄的阳伞，

充斥无树的印度荒原。

感谢贝内沃勒斯；他为我留下

这样两行排列整齐的板栗树，

虽然他自己如此风雅，仍然保留了

265　不合时宜的阴翳的延续。

现在要下降了（但是小心，不要人快）

一个突然的陡坡，在一座乡村小桥上

我们渡过一条水沟，柳树柔软的

枝条蘸进水里，像是躬身饮水。

270　因此，我们踩着齐踝的苔藓和盛开的百里香，

继续攀登，每一步都感觉到

我们的脚半陷在绿色的松软小丘上，

它们是鼹鼠刨起的，土壤的矿工。

他，并非不像庞大的人类同行，

275　损毁大地，在黑暗中密谋，

辛勤劳作得到纪念碑似的土堆，

这可能记录了他已经犯下的罪愆。

到达顶峰，看见优美的神龛

宛若冠冕！然而它的荣耀不能

280　使这个华美的幽处免遭令人痛心的伤害，

那些乱刻乱画的乡野之人，用刀子刻花

嵌板，留下鲜为人知的粗俗姓名，

笨拙的字体，还时常拼错。

使自己不朽的热忱如此强烈

285　跳动在人的胸膛，以至于

从可恶的遗忘深渊赢得区区

转瞬即逝的几年，似乎是一份光荣的奖赏，

即便是对一个乡巴佬。现在游目骋怀，

站在这个引人遐思的高处，

290　乐享它的高瞻远瞩。这儿羊栏

倾泻出它羊毛一样的住客覆盖土地，

起初，像河流一样前进，它们寻找

中心之地；但逐渐分散，

每一个去到它选择的地方，不久大地就全白了。

295　那儿，从烈日炎灼的干草地向家蠕动

满载的马车，一旦卸下负载，

轻松的马车就一路飞驰，

粗鲁的车夫倾在他的牲口上

大喊大叫，容不得丝毫迟延。

300　林区的风景也不逊色，

树木生长得千姿百态

相似但又不同。这儿桦树，酸橙，

或者山毛榉，灰色的光滑树干，分外夺目

在他们远影的微光中；

305　那儿隐匿在隆起的坡地后，森林

似乎沉没了，只剩下顶部的枝条。

整个树林里没有一棵树没有魅力，

虽然每棵都有它独特的色调；一些稍浅，

有点淡灰；垂柳如此

310　还有白杨，叶子上有银色的线条，

　　　还有椴树舒展而繁密的胳臂，

　　　深绿的榆树；还有更深的，

　　　森林之王，长寿的橡树。

　　　一些叶片光滑在阳光下闪烁，

315　枫树，还有丰产多油的坚果

　　　的山毛榉，还有酸橙在潮湿的夜晚

　　　散发异香：也不要漫不经心地跳过

　　　西克莫树，他的衣装变化莫测，

　　　一会儿绿色，一会儿棕黄，直到秋天

320　变幻了森林，让它闪耀着猩红的光荣。

　　　在这些之上，但更加遥远（一幅辽阔的

　　　丘陵和峡谷间杂的地图），

　　　乌斯河，分开浇灌良好的土地，

　　　一会儿在阳光下波光粼粼，一会儿又隐退，

325　像是害羞，不愿让人看见。

　　　接下来的斜坡又急又短，

　　　就像紧跟着的上坡；在它们之间

　　　一个小那伊阿得哭泣她干涸的瓮

　　　整个夏天，冬天将又盈满。

330　锁闭的门将阻拦我的行程，

　　　但是这个圈围的庄园的主人，

　　　夸夸谈起他所有的幸福，

允许我浅尝：无辜的眼睛

纯洁无垢，没有浪费它享有的。

335　耳目一新的变化！耀目的太阳此时何在？

短短几步我们已经看不见他的光芒，

一下子走进一个凉爽的气候。

汝沉寂的林荫道！我再一次悲恸

你遗弃的命运，再一次欣喜

340　你们的族类尚有孑遗。

多么轻盈飘逸的拱顶，

但却像神圣的穹庐一样令人敬畏，

回响着虔诚的颂诗！下面

分割的土地像是风掠过的

345　河流一样不宁。所以透过枝叶

射下来的光是活跃的，它随它们舞动，

阴影和阳光飞速交替，

时明时暗，当叶子

嬉戏的时候，每刻，每处。

350　现在带着绷紧的神经和振奋的精神

我们踏上原野，起伏的小路

坡度舒缓，轻松绵延——

善意的谎言——给广袤的空间

狭窄的边界。接着树林悦纳我们；

355　在高大的榆树挺拔的枝干间

我们认出了工作的打谷者。

不停的连枷重复着重击，

似乎无心摇曳，但落到了

注定的耳朵。秸秆纷飞，

360　瑟瑟的稻草频频散发出尘雾

在正午的阳光中闪耀。

来这儿吧，躺在羽绒榻上

却睡不着的你；看看他汗流浃背

在吃到面包以前。这个最初的诅咒，

365　被软化成了仁慈；保证

白天精力旺盛，晚上没有呻吟。

一切由不停的运动维持。

自然驾驶着不知疲倦的轮子

一刻不停地旋转，保持她的健康，

370　她的美丽，她的丰饶。她害怕

突然的暂停，不运动便不能活。

它的周转支持着世界。

四季的风搅扰着空气，

为澄明的元素做好准备，

375　否则便是灾异；海洋，河流，湖泊还有小溪

都感受到更新的冲动，被不断的

激荡净化。甚至橡树

也因为风暴粗鲁的摇撼而蕃盛：

他似乎的确愤怒，觉得

380　劲风的撼动不过尔尔，
　　蹙眉怒目仿佛用他没有知觉的手臂
　　擎住了惊雷。但这位君王把
　　他的坚固归于他所轻蔑的，
　　上面越是骚扰，下面越是牢固。

385　约束其他生灵的法则，
　　也约束人万物的灵长。但他
　　从类似的原因中也得到不菲的益处，
　　从艰辛的劳作中得到最甜蜜的惬意时光。
　　当风俗迫使久坐者伸展

390　懒惰的身体，他们却感觉不到活力，
　　因为他们什么也不需要：呆滞的眼睛，
　　失去风神的面容，松弛，褶皱，
　　萎缩的肌肉，还有乏味的灵魂，
　　指责它们的主人对休息的钟爱

395　竟至于丧失了他热爱的其他东西。
　　机敏的和活跃的人不像这样。衡量生命
　　以它真正的价值，支付它的舒适，
　　只有他们的生命才配得上这个名字。
　　好的身体，经常和他的伙伴一起出现，

400　好的脾性；精神勇于承担，
　　也不会很快耗尽，即使是艰苦的任务；

幻想的力量和坚定的信仰属于他们；

甚至年老也对他们厚待有加

分明豁免了它自己的毛病。

405 皱褶的前额下炯炯的眼睛

老人张着，年轻的微笑

使银色的胡子熠熠生辉，愉快地下到

坟墓，年老却全无腐朽。

像一个忸怩的姑娘，惬意，越是追求，

410 越是退却——一个偶像，谁在她的神庙

越是频繁献祭得到的赐福就越少。

对自然和她画下的风景的爱，

是自然的命令。奇怪！将发现

自禁于堂皇客厅的人，

415 摈弃了户外的气味

为了幽暗中无香的小说；

只钟情于笔下的风景，

认为神的表现不如

艺术家手中次等的奇迹。

420 艺术模仿的作品诚然可爱，

但自然的作品远更可爱。我欣赏，

没有人比我更欣赏画家的魔法，

他向我展示我从未见过的风光，

把一个遥远的国度带到我的国家，

425　　把意大利的光投在英国的墙上。

　　　　但模仿的笔触所能做的不过是

　　　　饱人眼福，甜美的自然却令人身心舒泰。

　　　　她的崇山凉爽宜人的空气，

　　　　她的湿润提人心神的芳香，

430　　还有她林间的音乐——没有人的作品

　　　　可以与这些相提并论；这些都宣示了

　　　　一种独一无二，专属于她的力量。

　　　　在辽阔的天空之下，她广布盛宴；

　　　　它向所有人开放——它日新月异，

435　　轻鄙它的人，活该饿死家中。

　　　　他没有轻鄙它，被长期关押

　　　　在陈腐的地牢，蜡黄病态

　　　　的猎物，他阴暗住处的

　　　　湿冷潮气是罪魁祸首，

440　　最终逃到了自由和光明的地方。

　　　　他的面颊很快恢复了健康的气色，

　　　　他的眼睛重新点燃了熄灭的火焰，

　　　　他散步，跳跃，奔跑——插上欢乐的翅膀，

　　　　在每一阵微风的甜蜜中狂喜。

445　　他没有轻鄙它，长期经受

　　　　热病的折磨，以药续命的人。

　　　　水手也没有，他的血液已为

苦辛的盐点燃；他的心渴望

看到绿色盛装的自然。

450　他站在船的高处，被强烈饥渴

造成的幻觉支配：

美丽的土地出现在下面，这是他离开

已久的，这是他以命相求的——

他冲下去寻找它们，再没有被看见。

455　很少感觉到忧郁在弗洛拉统治的地方；

阴沉的眼睛，暴躁，皱眉，

还有郁郁寡欢遮蔽，扭曲

和破坏美丽的面容，当这样

深不可测的哀愁无缘出现的时候，

460　弗洛拉驱逐它们，给美人

甜蜜的微笑和比她自己更持久的花朵。

令人腻味和厌倦的俗套享乐，

陈腐单调地不断循环，

使堕落的生活成了

465　小贩的口袋，压弯了背负者的腰。

身体变差，精神衰退；心灵

厌恶自己的选择，——面对山珍海味

饥肠辘辘——身处黄钟大吕不辨宫商，

揶揄戏谑不觉机智，并且不知为何。

470　然而成千上万的人仍然渴望旅行，

虽然犹疑和厌倦他们脚下的路。

中风者能拿住她的纸牌

但不能挥洒自如，借一位朋友的手

发牌和洗牌，整理和归纳

475   她混乱的花色和排列，坐着

既是看客也是景观，一个悲哀

又沉默的小老太太，当她的代理人玩的时候。

其他人被拽进柱子间

拥挤的空间；一旦有位子，

480   坐下直到完全不能起来，

直到肥胖的搬运工抬起尸体。

他们高声回忆过往。然而即使他们

也留恋生命，依附于它，

就像袍悬急雨于枝杪。

485   他们留恋它，虽然挥霍它；害怕死亡，

虽然轻鄙他们活着的目的。

那为什么不抛弃它们？不——恐惧，

陈陈相因的对孤独的恐惧，虽然孤独

孕育了沉思，懊悔，对羞耻的畏惧，

490   他们根深蒂固的习惯，禁止了一切。

我们称谁欢乐？这项荣誉早已成了

盗用此名者的厚颜吹嘘。

天真者是欢乐的——百灵鸟是欢乐的，

晾干他浸透露水的羽毛

495　在玫瑰色的云下，当日出
的光芒照在他简陋的巢穴。
农民也是，他的歌声的见证者，
他自己也是一个歌手，和他一样欢乐。
但是把我救出他们的欢娱

500　头痛把他们钉在正午的床上；
把我救出他们的欢娱，憔悴的眼睛
流露出绝望，倾诉着他们的痛苦
因为财产被残酷的变故剥夺；
把我救出欢娱，它让筋骨充满疼痛，

505　让嘴巴亵渎神明，让心灵充满哀愁。
大地被造得如此多变以至于漫无目的
的心灵，热衷变化，
喜欢新奇，也能被满足。
无论多么可爱的景观直到它们的美

510　消退一半才能被看见；疲劳的视力
太熟悉它们的微笑，挑剔地
移开视线，寻找更陌生的风景。
接着幽闭山谷里的小围场，
那儿的树篱时常遮断目光，

515　让我们欣喜，乐意片刻放弃
我们所爱，并非不知它的魅力，

这样短暂的缺席使它更加可贵。

接着森林，或者粗粝的岩石愉人耳目，

把海鸥藏在他中空的岩缝

520　高不可及；他花白的头

在许多里格以外清晰可辨，水手

返航，朝思暮想抵达那儿，

三声高呼向他致意。在他的腰上

他展示出一片半枯的灌木，

525　在他脚下撞击的波涛死去。

公地，长满了蕨，多刺的

荆豆，凌乱而无状，

碰上是危险的，然而也开花，

用金色的点缀装饰自己，

530　并没有让漫步变得不快；这儿的草地

闻起来清新，香草繁多，

蘑菇遍地，用出乎意料的

众多甜蜜愉悦感官。

那儿经常有一个人踱步，以前

535　看见她精心打扮，穿着蕾丝镶边

的缎子斗篷，还有华美缎边的帽子。

她是一个女仆，爱上的

他，离开她出海已经死去。

她的幻想跟随他穿过浮沫的海浪

540　去到遥远的海岸，她将坐着哭泣

　　　一个水手的遭遇；幻想也，

　　　那里越温暖的希望越是虚幻，

　　　时常期待他欢喜的回归，

　　　梦见她不曾体会的激动。

545　她听到他死去的噩耗，

　　　再没有笑过。现在她漫游

　　　在悲哀的荒野；在那儿度过迟迟白日，

　　　又在那儿，除非好心人劝阻，

　　　度过漫漫长夜。一件褴褛的围裙遮着，

550　旧得像个斗篷，几乎遮不住，

　　　一件更加褴褛的长裙；但是都藏不住

　　　因为不停叹息而剧烈起伏的胸脯。

　　　她向遇到的所有人乞求一根针，

　　　把它们藏在袖子上；但必需的食物，

555　虽然时常为饥饿所困，或者干净的衣服，

　　　虽然为寒冷所苦，从没要过。——凯特疯了。

　　　我看见袅袅升起的烟柱

　　　悬在原野边缘的高林上。

　　　一个流浪而无用的部落在那儿吃

560　他们可怜的晚餐。一只壶悬在

　　　两根树枝之间的横杆上，

　　　盛着一点食物；恶心的狗肉，

或者鸟雀，最好也不过是偷来的公鸡

从他惯常的栖处。艰难度日的族类！

565 他们从每一处树篱捡他们的柴火，

用干树叶点燃，救生命之火

于将息。踊跃的风漫卷

他们颤颤的破衣，露出了棕黄的皮肤，

他们宣称世系的家谱。

570 他们精通手相，更精通

把摸到的金币变没，

用不值钱的块砾取而代之，

他们乞讨口吐莲花，一旦沉默必在盗窃。

奇怪！一个理性的生灵，被铸进

575 人的模子，竟自愿糟蹋

他的天性，虽然擅长艺术

世人可能获益，而他自己

自绝于社会，偏爱

肮脏的怠惰胜过光荣的辛劳。

580 然而即使他们，虽然时常装病，

他们在前额缠上绷带，拖着瘸腿

用人造的疮疤折磨他们的肌肉，

也能把他们的哀怨变成欢快的调子

当环境变得安全；用舞蹈，

585 尿泡和风笛的音乐

消遣他们的哀愁，让森林回响。

森林世界无家的漫游者

享受着这样健康而欢娱的心灵。

呼吸着宜人的空气，到处漫游，

590 不需要其他药品治疗糟糕的饮食，

贫穷，和寒冷造成的影响。

保佑他，虽然不因财富或地位

显赫于众人，恬然安居，

人虽然天性残暴，已经抛却

595 他的残暴，学会，虽然学得迟缓，

市民生活的礼仪和艺术。

他的匮乏良多；但供给

十分显眼；被放置在温和愿望

和勤劳双手容易够到的地方。

600 德性在这儿繁荣就像在她的沃土；

没有被粗野和暴躁的荆棘纠缠，

就像她在遥远而野蛮的地方

勃发（如果她会自然勃发）

那样可怕，那儿暴力横行，

605 强力主宰一切；而是被温柔而热心的

文化教养，被自由培育，

她所有的果实被灿烂的真理晒熟。

战争和打猎占据了野蛮人的全部生活：

战争为了复仇而发动，或者去取代

610　某个生活幸福的地方令人羡慕的居民；

打猎为了食物，脆弱的信任！

他有着严苛限制的艰难条件

束缚着他所有的才能，压迫着

智慧的成长，证明他身处一所学校

615　除了狡猾的逃避，固执的憎恨，

吝啬的自我中心，没有学到别的。

因此战栗的北方土著，

西方世界的流窜者前进，

这个世界已经拓展到深渊，

620　接近南极。甚至得天独厚的岛屿，

新近才发现，虽然永恒的日光

让它们所有的季节都绽放明媚的微笑，

却没有产生德性；因为丰饶

而懒惰，在道德上失去了应该

625　从礼仪中得到的东西，奢侈享受的受害者。

因此我怜悯，远离

科学研究，艺术发明，

或者启示教导的人；被困在

无际的汪洋，永远也不会

630　被像他们一样无知的航海者穿越，

可能也不会再被英国的帆船犁过。

但远超过其他人，有最多的可能，

你，高贵的野蛮人！不是对你的爱

或者你们，而可能是好奇，

635　或者虚荣，促使我们把你

从家乡的凉亭拖出，向你展示这儿

我们用怎样高超的技巧挥霍

上帝的礼物，浪费生命。

这个梦已经过去。你已经再次看见

640　你的可可和香蕉，棕榈和番薯，

树叶做顶的小屋。但你发现

它们曾经的魅力了吗？看过我们的国家，

我们的宫殿，我们的妇女，我们的华美

马具，我们的花园，我们的消遣，

645　听了我们的音乐；你朴素的朋友，

朴素的饭菜，和你所有朴素的欢乐

对你还像以往一样可爱吗？你的快乐

和我们对比之后未减分毫吗？

即使粗野如你（因为我们送回的你粗野

650　无知除了一些皮相），

我仍然认为你不会无动于衷，

麻木到永远不会遗憾

在这儿尝到的甜蜜，离开得如此痛快。

在我眼中我看见你搁浅在沙滩上，

655　　询问濯足的海浪，

　　　　它是否也曾冲刷我们遥远的海岸。

　　　　我看见你哭泣，你的泪水是诚实的泪水，

　　　　一个爱国者为他的国家而流。你是悲伤的

　　　　一想到她的凄惨荒凉，

660　　你使尽全力也不能将她拯救。

　　　　因此想象描摹你，虽然可能犯错，

　　　　但差之毫厘，当她这样描摹你的时候。

　　　　她还告诉我，每天早晨你准时

　　　　爬上山顶，用饥渴的眼睛

665　　瞭望广袤无际的汪洋

　　　　想要看见英国驶出的船。昏暗的

　　　　地平线上看见的每个斑点，都让你煞白

　　　　各自主张的希望和恐惧发生了内战。

　　　　但最终沉闷和阴暗的夜晚来临，

670　　送你回到小屋准备好

　　　　整夜梦见白天否决的东西。

　　　　唉！别想了。我们没有发现诱饵

　　　　在你的国家引诱我们。做善事，

　　　　无私的善事，不是我们的勾当。

675　　我们远航，确实，但不是没有目的；

　　　　必须被其他愿望和更丰硕的果实

　　　　贿赂才会再次环游地球，而不是为你。

但是虽然真正的价值和德性在教养

生活的温和和友爱的土壤中

680　　最为繁荣，而且可能只在那儿繁荣，

然而经常不在城市：骄傲，欢乐，

热心利润的城市。涌向那儿，

就像每片土地的渣滓和污秽

流到臭名昭著的下水道。

685　　在大多数人意识中城市的糟糕典型

产生了它的相似。疯狂的富裕滋生，

在臃肿而饕餮的城市，怠惰和嗜欲，

放纵和淫荡的过分。

在城市，罪恶被用最多的惬意掩盖，

690　　或者被用最少的责备看待；德性

被屡屡失足教养，不要奢望任何胜利

除了飞黄腾达的成就。

我承认它们是艺术的温床，

艺术在那儿最为繁荣；在和煦的

695　　鼓励的阳光下，在公众

关注的目光下它们登峰造极。

伦敦就是这样，品味和财富宣称

它是世界上最美丽的首都，

骚乱和糜烂说它是最坏。

700　　那儿，被雷诺兹一触，乏味的空白变成

光辉的镜子，自然在里面看见

她所有反映的形象。培根在那儿

不止给予石头女性的美，

还赐予大理石嘴唇查塔姆的雄辩。

705　　凿子并没有独占

雕塑的精力，风格繁多；

她的艺术的每一个行省她同样关心。

用胸有成竹的钢刀精致的切口

她耕耘黄铜田地，给如此贫瘠

710　　的土壤装扮上她想要的任何魅力，

最为丰富的景观和最可爱的形式。

她鹰一样的眼睛，她用它直视

燃烧的脸颊，观察和计数他的斑点，

到哪里去寻找哲学？

715　　在伦敦。她精密的仪器

她用它们估量，计算，和观测

所有距离，运动，尺寸，到哪里

一会儿测量芥子，一会儿计算行星的周长？

在伦敦。哪里的贸易有这样一座市场，

720　　如此丰富，如此拥挤，排水便利，供应充足，

像伦敦一样；繁华，庞大，仍然还在

扩张的伦敦？古巴比伦

并不比她更加奢华，

她现在是更加完美的世界明珠。

725　她领受她的褒奖。现在请关注一两个污点

　　　如此繁多的华美最好能净化；

　　　且看这座城市女王，虽然美丽

　　　但也糟糕，虽然聪明但不智慧。

　　　既不得体，也非美名

730　她的纪律松弛，最要紧的

　　　是惩治而非防范违法行为；

　　　她是严苛的判罚窃钩者

　　　的死刑，但是滥施生命，

　　　自由，时常还有荣誉

735　给公众资金的盗窃者；

　　　国内的小偷必须绞死；但是他把

　　　印度各邦的财富放进

　　　他狼吞虎咽臃肿肥大的钱包，却逃过惩戒。

　　　既不明智，也非善事

740　通过对神圣经文亵渎和异端

　　　的诋毁，她已经妄自取消

　　　和废除，尽可能全面地，

　　　上帝的全部律令和意志；

　　　把风尚提高到真理的位置，

745　把她自己的习惯和风俗放在

　　　权威的中心，直到安息日的仪式

已经简化成不受尊重的样子，

膝盖和跪垫已经几乎完全分离。

上帝创造了乡村，人创造了城市。

750　健康和德性，唯一可以使生命

分发给所有人的苦药变甜的礼物，

在田野和树林中最为充裕，

最少受到威胁，有什么奇怪？

你拥有，你乘坐

755　马车或者轿子，不知道劳累

只知道倦怠，没有品味过风景

除了艺术虚构的，你仍然拥有

你的环境；只有在那儿你才能畅快，

只有在那儿你的心灵才不会为恶。

760　我们的树林被种植去慰藉正午

它们的树荫下沉思的漫步者。夜晚

月光从沉睡的树叶间

洒落，是它们唯一希望的光，

鸟儿，鸣啭着各种音乐。我们不需要

765　你们灯光的华彩，它们只会黯淡

我们温柔的卫星。你们的歌声盖过

我们更和谐的音调。画眉受惊

飞走，被冒犯的夜莺沉默无声。

在你的欢乐里有共同的损害，

770　它祸害你的国家。像你这样的愚蠢，

　　　配一把剑，再加上一把扇子，

　　　做到了敌人向来觊觎未得的，

　　　我们帝国的穹顶未来无比坚固，但因为你，

　　　成了残损的结构，马上就要坍塌。

（1785 年）

题词

为帕蒂小姐的收集册所写，她是汉娜·摩尔的妹妹，收集册包括手稿和签名

当许多现代诗人徒劳
努力想要永垂不朽，
我把我的名字写在帕蒂的纸上，
永远获得了我的位置。

——威廉·库珀

（1792 年）

咏收到海利的画

以温情的可以低语或者笔谈的语言，
你的画描绘了我朋友本来的样子，
不是通过传达你思想的表情，
它只能说明你是所有人的朋友；
我看到这儿更加抚慰人心的表达，
所有人的朋友，是我偏爱的朋友。

（1793 年）

致约翰·约翰逊

咏他送给我一座古代荷马半身像

我深爱的亲人，像儿子一样！

当我看到你敬意的果实，

我过去最爱的诗人的雕像，

我崇敬他，热爱你。

欢乐又伤悲。理应倍感欢乐

聪颖和博学的人不吝于奖赏

我勇敢而艰难的尝试以喝彩，

虽然其他人嘲笑；批评家表面客气。

伤悲是，沉迷于荷马的富矿，

我失去了珍贵的年华，现在行将就木，

拿着他的金子，无论多么耀眼，

当用基督教的尺度衡量时，都是糟粕。

你更聪慧！——像我们的前辈多恩一样，

寻觅天国的财宝，只为上帝工作。

（1793 年）

咏德国海上漂浮的冰岛

什么奇观，从什么遥远的地方，

至今不为我们所知，乘着骇人的巨浪而来？

在远古时代，老普罗透斯，和他的

一群海豹，寻找山峰和丛林；

但现在，从它们旧踞的地方滑下，

山峰自己似乎漂流在汪洋之上。

它们是凶险的时代，充满了人类的哀愁，

这些，并不比那些更加安全。

我们现在看到什么？更加地神奇！看！

它们闪耀像擦亮的铜器，或者金箔；

到处放射着珍珠纯洁的光彩，

到处释放着红宝石的热烈。

它们来自于印度，灼热的土地，

无限慷慨，赐予她最丰富的财宝？

昂贵的宝石，在最有权势的君主

头上熠熠生辉，被找到了吗？

没有。从来没有令人目眩神迷的宝藏

悄无声息地离开熙攘的恒河河畔。

贪婪的手，和机敏的眼睛

本应该早就发现并且攫取这笔珍宝。

它们从何处涌现？它们从维苏威，
或者从埃特纳沸腾的子宫喷涌而出？
因此它们自己发光，还是只不过展示
借来的晴朗的白昼的光芒？
它们闪耀着借来的光束。飙风，现在
向陆地劲吹，还有下面水流的力量，
把它们带得更近；更近的视野，
更加有利，正确地思考它们。
它们崇高的峰顶危擎，它们展示，
还有混合的雨雪，和终年的积雪，
剩下的是寒冰。长此以往，最严酷，
荒凉的冬天几乎让全年郁郁寡欢，
它们最初的成长开始了。祂让它们
以粗野的形式茁长，我们眼中的奇观。
时常被转瞬即逝的阳光消融，冰雪
离开悬崖汇入下面的洪流，
祂用冰冻的狂风扣留和凝结
水流，在它抵达无际的蛮荒之前。
渐渐地壮观的堆垛崛起，
漫长的时光随之滚滚而去，
直到，它生长不已，它耸立
和陆地上类似的山峰齐高。
从此耸立，不为人的力量

或者技巧动摇，这个结构肃立；

但是，虽然坚定稳固，被它自己

巨大的重力拔除，

它离开了倾斜的海滨，随着一声巨响

震动怒号的波涛和周围的礁石，

驱赶自己，迅捷地，去苦涩的大海，

仿佛充满了流浪的渴望，

这个庞然大物跌落了。所以古代的诗人

讲述提洛斯如何漂流在爱琴海上。

但提洛斯不是冰岛。提洛斯带着

香草，水果和鲜花。她，头戴桂冠，

即使在冬季的天空下，也带着夏天的微笑；

提洛斯是阿波罗最爱的岛屿。

但是，大海上可怕的流浪者，对于你

祂认为只有西米里的黑暗相称。

你可恶的出身祂不屑详查，

但是，轻蔑地，移开祂光辉的眼睛。

因此——寻找你的家园——不要再莽撞奢求

福波斯的标枪还有更加轻柔的空气，

以免你后悔太迟，离开本乡的海岸，

永远迷失在阴冷的海沟。

（1799 年）

Ⅲ

18世纪的理性与情感

一年一次的痛苦；或者埃塞克斯的斯托克的交税时间

给一位乡村牧师，他向我抱怨每年指定收税日的不愉快

来，仔细想想，这不是玩笑，
笑话它是错误的；
一位可敬的牧师的烦恼
是这支歌曲的主题。

这个牧师他快乐而欢畅
一年的三个季节，
但是哦！当交税时间临近
它像长镰一样割向他。

这时他充满了惊骇和恐惧，
就像一个将死之人，
在这天来临之前很久，
他就不停地叹气。

因为这时农民蹒跚，蹒跚
沿着泥泞的小路，
每颗心都像木头一样沉，
去筹备他们的款项。

事实上这些天的悲伤
是无以言表的，
收款的他和交款的他
都是一样痛苦。

现在粗野的伙计全都
不悦地挤在他的门前，
带着哭丧的脸和秃顶的脑门——
他一看到这个场面就哆嗦。

他可能哭泣，因为他清楚
这伙人里的每一个乡巴佬，
不是支付他应缴的，
而是竭尽所能地哄骗他。

所以他们进来——每一个屈膝，
向前探出他的头，
看起来仿佛他是来乞讨，
而不是来清缴款项。

"小姐和夫人怎么样，
小孩子和家里一切都好吗？"

"一切都好。您怎么样，
我的好先生您怎么称呼来着？"

晚饭来了，他们坐下，
还有这么饥饿的人吗？
没有交谈，没有机智；
也没有时间开玩笑。

一个人在袖子上抹他的鼻子，
一个人啐在地板上，
不是挑衅也不是难过，
把餐布扬在前面。

潘趣传了一圈，他们沉闷
蠢笨一如开始；
带着他们像桶一样的饱腹，
他们只是徒增重量。

最后热闹的时间开始了，
"来，邻居们，我们得走了。"
钱币叮当，他们的下巴向下垮，
每个人翻出他的口袋。

一个人谈起霉病和霜冻，
一个人说冰雹的暴虐，
一个人说他已经损失几头猪
因为尾巴上的蛆虫。

一个人讲，"很少有人比得上你
在没有人仔细听的布道台上；
但是，我觉得，告诉你实话，
你把它卖得忒贵了。"

哦！为什么农民被造得这么粗俗，
牧师被造得如此驯良？
几乎不能踢动马匹的一脚，
却能杀死一个神圣的声音。

那就让这些傻瓜待在家里；
他将损失惨重，我敢说，
却可以免去两重的烦恼，
没有这些交税的笨蛋。

（1780 年）

诗

据说为亚历山大·塞尔科克独自居住在胡安·费尔南德斯岛屿时所写[1]

我是我看到的一切的君王，
没有人胆敢质疑我的权利，
以这里为中心直到大海，
我是飞禽和走兽的主人。
哦孤独！圣哲们在你脸上
看到的魅力在哪儿呢？
我更愿意住在喧嚣之中，
而不是在这可怕的地方称王。

我远离人迹，
必须孤独地结束我的旅程，
再也听不到甜美的人语，

---

1. 亚历山大·塞尔科克（Alexander Selkirk，1676—1721），苏格兰水手，有着丰富的导航经验，1704 年 9 月，塞尔科克自愿留在了荒无人烟的小岛马斯蒂拉（Más a Tierra Island），这个小岛距离智利西海岸超过 400 英里。他身上带了几件衣服、一些工具、一本《圣经》和烟。1709 年 2 月，英国著名航海家威廉·丹彼尔率领的两艘英国武装民船在岸边抛锚，塞尔科克获救。1713 年，塞尔科克发表了一篇讲述自己冒险经历的短文。许多人认为，六年后，丹尼尔·笛福在创作著名小说《鲁滨逊漂流记》的过程中，借鉴了塞尔科克这段经历。1721 年 12 月 13 日，亚历山大·塞尔科克因热病去世，年仅 45 岁。他的遗体被葬在了海里。

我被自己的声音吓到。
原野上踱步的野兽
冷漠地看着我的样子，
他们和人并不熟悉，
他们的温顺让我惊讶。

社会，友谊，和爱，
被神圣地赋予人，
哦，要是我有鸽子的翅膀，
我将能立刻再次尝到你。
那时我的悲伤可能减缓
以宗教或者真理的方式，
可能受教于老年的智慧，
被青春的欢快鼓舞。

信仰！不可言喻的财富
寄居在这个天国的词语上！
比金银更可贵
或者尘世可以购买的任何东西。
但这些峡谷和岩石听不见
教堂礼拜的钟声，
也不会为丧钟叹息，
或者当安息日来临的时候微笑。

汝，把我当作你的消遣的风，
传送一些亲切可惜的讯息
到这与世隔绝的海岸
我将再也不能回到那片陆地！
我的朋友，他们可曾偶尔
祝福或者思念我？
哦，告诉我我还有一位朋友，
虽然我将再也见不到一位朋友。

思想的闪光多么迅疾！
比起它掠过的速度，
暴风雨也是迟来一步，
还有飞快的光矢也稍逊一筹。
当我想到我的祖国，
刹那间我似乎身临其境；
但是唉！触手可及的回忆
很快就把我赶回了绝望。

但是海鸟归巢，
野兽回穴，
这儿是休憩的时节，
我孤身返回我的小屋

到处皆有仁慈，

仁慈，激励思想！

甚至给予痛苦恩典，

使人顺从于他的命运。

（1782 年）

一个故事

基于一个发生在 1779 年 1 月的事实

在亨伯河口倾泻他富裕的贸易船流的地方，

住着一个可怜人，活着只为亵渎神灵。

他在地下的洞穴里过他的生活，

像煤矿一样黑，他在那里挣面包。

有一天，从深穴中出来，

一个安息日——成千上万人守这样的安息日——

他带着一周操劳的薪水

买了一只公鸡，它的血可能更吸引他。

仿佛最高贵的羽族

不过是被设计来搏斗和横死；

仿佛神圣的时辰意味着

消遣，和残忍的目的。

碰巧——这样的偶然依从神——

他遇到一位工友在路上，

同样的欲望也曾燃烧他的心灵，

但现在野蛮的性情被感化了。

说服发生在他的嘴唇上，

（所有为恩典辩护的人都辩护得很好）。

他用经文攻击他的铁石心肠，

唤他去听一次布道，事就成了。

威严的牧师拉开他虔诚的弓弦，

箭就像闪电一样迅飞：

他哭泣，他战栗，环顾四周

寻找一个比他还坏的人；但没有一个。

他知道了他的罪孽，疑惑他还将知道什么。

恩典制造了创口，也只有恩典能治愈。

现在告别咒骂，亵渎，和谎言！

他为了殉道者的奖赏放弃了罪人的奖赏。

神圣的那天被无数的泪水洗涤，

被希望涂金，然而也被恐惧笼罩。

第二天他煤矿上黝黑的兄弟

从他改变的言谈察觉到神圣的变化，

在该哭的时候大笑，发誓

很快他就会和他们一样咒骂连篇。

"不，"这个悔罪者说，"这样的话从今

不说一句；现在虔心祈祷。

哦！如果你看见（你的眼睛看得见未来）

我将再次渎神，像他们一样，

现在就把我击倒在我跪着的地上，

在这颗心再次变成钝钢之前；

现在带我去我曾否认的天堂，

你的显现，你的怀抱！"——他说着，就死了！

分给他去跑的赛程如此短促，

刚一进入围栏就获得了桂冠，

他的祈祷才结束，赞美刚开始。

（1783 年）

怜悯悲惨的非洲人

> 我看到也赞许良善之路，
>
> 但却走上了邪恶之路。

我承认我被奴隶买卖震惊了，
怀疑那些买卖他们的人就是恶棍；
我听说了他们的苦难，折磨和呻吟
几乎足以让石头动恻隐之心。

我非常怜悯他们，但我必须保持沉默，
因为我们怎么能没有蔗糖和朗姆酒？
尤其是蔗糖，我们认为那么必需；
什么！放弃我们的甜点，咖啡和茶？

还有，即便我们愿意，法国，荷兰和丹麦，
将衷心感谢我们，毫无疑问，因为我们的痛苦；
如果我们不买这些可怜的生灵，他们一样会买；
折磨和呻吟一如既往有增无减。

如果这些外国人也放弃了这项贸易，
你的愿望才可能达成；
但是，当他们通过买卖黑奴致富，

请告诉我为什么我们不能吃零食？

你的顾虑和论证让我想起
一个小故事，你也许认为它是，
为了回答你，胡编乱造的；
但我可以向你保证我在报纸上看到的。

学校里有一个年轻人，比其他人更加稳重，
一次让他的正直去接受考验；
他的伙伴们密谋去洗劫一个果园，
邀请他同去并且辅助这个任务。

他被震惊了，先生，像你一样，回答道——"哦，不！
什么！偷我们的好邻居？我请求你们不要去！
除了他是个可怜人，他的果园是他唯一的生计，
想一想他的孩子，他们需要养活。"

"你说得很好，你看起来非常严肃，
但是我们想吃苹果，我们也将得到苹果；
如果你跟我们一起去，你也有一份，
如果不去，你既没有苹果也没有梨。"

他们说，汤姆考虑——"我看他们一定会去：

可怜的人！这么伤害他多么悲惨！
可怜的人！如果我可以我一定会救他的果子，
但是洁身自好对他没有好处。

如果事情全由我决断，
他的苹果可以挂到自然从树上落下；
但是既然他们要偷，我想我也得去：
他没有因为我失去什么，虽然我得到了一些。"

他的顾忌消停了，汤姆觉得坦然了，
和他的伙伴一起去摘苹果；
他指责，抗议，但是加入计划；
他瓜分赃物，但是怜悯受害者。

（1788 年）

黑人的怨诉

被迫离开家园和它一切的欢乐，
我孤苦伶仃地告别非洲海岸，
被运过狂怒的波涛，
去增加陌生人的财富。
买卖我的人来自英格兰，
只支付微薄的价钱；
但是，虽然他们把我编入奴籍，
心灵却从未被买卖。

思想自由一如既往，
英格兰有什么权利，我想问，
将我和我的福乐分隔，
折磨我，奴役我？
羊毛一样的卷发和黑皮肤
没有丧失自然的宣示；
肤色不同，但爱怜
一视同仁地居于黑人和白人中间。

为什么创造万有的自然

造出我们操劳的植物？

叹息吹拂它，泪水浇灌它，

我们的汗水是土壤的装饰。

想一想，汝铁石心肠的主人，

躺在你惬意的床榻上，

想一想多少脊背酸痛

因为你的甘蔗提供的甜点。

是否，像你偶尔告诉我们的那样，

是否在天上有一个统治者？

他让你们买卖我们，

从祂的王座上，从灵霄发号施令？

问他，你们多结的鞭子，

火柴[1]，索血的拇指夹，

是不是责任敦促

祂的意志的代理人使用的手段？

听！他回答了！——狂暴的飓风

在那片海上散布着遇难船只，

---

1. 火柴暗示把点燃的布条、绳子绑在手指间，但这种残忍行径目前还没有被证实。也有人根据库珀的私人信件，指出这里原本是"脚镣"（fetters）而不是"火柴"（matches）。

摧毁市镇，种植园，和牧场

这是祂言说的声音。

祂，预见了非洲的子民

将会经历的苦难，

惩罚他们的暴君的居所，

在那儿祂的旋风回答——"不。"

通过我们抛洒在非洲的鲜血，

在我们的脖子还未被系上锁链以前；

通过我们尝到的痛苦

在你们的帆船上横渡大洋；

通过我们的遭遇，自从你们把我们

带到侮辱人格的市场，

一切通过忍耐维持的，通过

一颗破碎的心教给我们的；

不再认为我们的民族是牲畜，

直到汝发现

除了我们种族的肤色，

更值得尊重，更有力的理由。

金钱的奴隶，你们肮脏的交易

玷污了所有你们吹嘘的力量，

证明你们也有人的感情

在你们蛮横地质疑我们之前[1]！

（1788 年）

---

1. 库珀在这里抨击的是当时常见的奴隶制的借口，即认为非洲人属于人类中较低等的种族。比如，1788 年 2 月 5 日的《纪事晨报》发表了一封来自"公民"（civis）的信，"他们最显著和首要的本性是睡懒觉和做小偷的有害习性"；"他们的智力水平和我们不能相提并论"；"黑人的恰当位置似乎介于猴子和白人之间"。

斗鸡人的花冠

缪斯——请隐匿我歌咏之人的名姓，
以免使他活着的家人因为他而横遭指责，
也不要提他或多或少
学到所知的学校，
还有他出生的地方。

这样一个人，似乎
值得记载，（如果主题
有可能赢得认可），
人可以证实的根据，
如果离弃恩典，恶魔进入
成为万恶之源。

这个人（虽然咆哮的荒野
抛弃了他，他仍必须被称为人）
不欲求人世任何的善，
他是绅士，如果绅士的出身
可以使他如此；他有价值，
如果财富可以赋予价值。

在交际谈话和机敏玩笑中
他于宴席上耀眼夺目，
清晰的头脑
在他选择的快活一群
的眼里出类拔萃
精通各种门道。

我看见他搽了胭脂的脸，
精心修饰的头茂密的长发
厚厚地披在两肩，
青苔掩盖的玫瑰也没有这样甜美；
他的宝马俊俏，他的马车整洁，
极尽奢侈之能事。

这样的人可能残酷吗？这样的人
像地狱一样残酷，他也是如此；
一个以野蛮消遣
取乐的暴君，他的邪恶娱乐
是鼓励致死的争斗，
在被训练战斗的猛禽之间。

他拥有一只皮毛密实的冠军，
他的宝贝远胜过其他斗鸡，
从来未尝败绩，

只要出战便会让他
最凶猛的敌人流血致死，
他的种族中的凯撒。

碰巧最终，有一天，
他把他推入绝望的决斗，
他的勇气泄尽，逃走了。
主人狂怒，奖金输了，
对这样的损失几近发疯，
他判定了他的宠儿的死刑。

他很快抓住它，从角斗场
跑到厨房，抽出铁钎，
"把绳子拿给我"，他喊道。
绳子被拿过来，在他的命令下，
执行了可怕的刑罚，这只
挣扎求生的猛禽被绑住了。

骇人的结果需要面纱，
这个故事所有可能隐瞒
的恐怖，都将被隐瞒。
由遇难者的尖叫准确地引导，
他惊愕的伙伴看到了这个场景，
还有怒不可遏的他。

所有人为这个炉算上过去的勇士

哀求一个更加温和的命运；

他，对怜悯的呼吁听而不闻，

飞快地抡动他厨房的炉钩

转圈，像是轮子一样，

死亡威胁所有人。

但是复仇并不遥远

当他伸张他嘈杂的喉咙

詈骂天地，

咒骂被紧紧锁闭，

白白费力寻求一个出口，

他蹒跚，踉跄，死去。

对我们来说，草率地猜测，

指出天使的判决是不合适的；

但像这样朴素的审判，

用于指导人们，带着

他们翅膀上写好的标签，

就很难误读。

（1789 年）

附在北安普敦镇死亡人数清单后的诗， 1792

> 这样的凡人是幸福的，他已经从结果追踪
>
> 到第一原因，把恐惧掷在脚下
>
> 连同死亡，以及咆哮的地狱贪婪的烈火。
>
> ——维吉尔

对上天的恩惠不知感恩

人认为他衰老得太快，

虽然死亡是他的圣眷，

他将享受这份恩宠。

但他，不够聪明去正确地

看待他的头等大事，

将乐意延展生命的狭小区间

直到耄耋如果他可以。

直到耄耋，在一个痛苦的世界，

直到耄耋，他被折磨的

重枷摧残得不堪其苦，

无望得到安息。

人心的奇怪癖好，

热衷于它的伤害！
耗费它太多精力的奇怪世界
仍然有施魅的力量！

这个世界从哪里得到她的魔力？
为什么我们把死亡看作敌人，
逃避疲惫生命的至乐时光，
贪求更长的哀愁？

原因是良心——良心时常
更新她的罪恶的故事，
她的声音是可怕的，虽然轻柔，
对死亡的恐惧紧随其后。

接着，渴求被赦免更长的时间，
人恸哭他的转瞬即逝的呼吸，
所有的邪恶，这时，似乎不值一提，
跟死亡的迫近相比。

是审判让他战栗——恐惧
激起了他逗留的愿望；
他已经欠下一笔久债，
必须绝望地偿付。

偿付？——跟随基督，一切都被偿付；

他的死亡确保了你的和平；

想想他被放置的坟墓，

安心地下到你的。

（1792 年）

致沃伦·黑斯廷斯阁下[1]

一位他威斯特敏斯特的老同学手书

黑斯廷斯！我认识年轻的你，头脑敏捷，

年轻的时候，善良，健谈，热心；

我不敢相信你，那时那么绅士，

现在变成了坏蛋，最邪恶的家伙。

但是一些可疑的人，那些压制

和撕咬你的，他们自己也不是好人。

（1792 年）

---

1. 沃伦·黑斯廷斯（Warren Hastings，1732—1818），1743 年入威斯特敏斯特公学（库珀于 1742 年入学），17 岁渡海前往东印度公司谋职，官至英属印加拉总督，对巩固大英帝国在印度的统治和牵制法国在印度及印度洋海域的兵力厥功甚伟。但黑斯廷斯 1785 年回国后，埃德蒙·柏克领衔发起了对他的弹劾，主要理由有贪墨和管理过苛。这场弹劾旷日持久，从 1787 年到 1795 年，漫长的审判对黑斯廷斯是巨大的折磨，要不是判决后果严重，他甚至愿意认罪，但最终以压倒性多数宣判黑斯廷斯无罪。

落水者

最晦暗的夜遮蔽天空，

大西洋的波涛咆哮，

一个像我一样命定的倒霉鬼，

被从甲板上卷下，

丧失了朋友，希望，一切，

永远离开了他漂浮的家。

阿尔比恩可以放言没有更勇敢的头领

比起与他同在的他，

也不曾有船离开阿尔比恩的码头

带走更温馨的祝福。

他爱他们两者，但皆是徒劳，

再也看不见他，还有她。

在覆没的海水下不久，

精通游泳的他躺平了；

他并没有立即觉得体力衰竭，

或者勇气流失；

相反和死神持久地角斗，

被孤注一掷的生机支持。

他大喊：他的朋友们不是没有

检查航船的轨迹，

而是狂怒的风暴肆虐，

势必冷酷无情，

他们离弃了落单的伙伴，

仍然乘风疾行。

他们还是可以施予一些援助；

比如风暴允许的

木桶，笼网，还有浮绳，

迟迟没有给予。

但是他（他们知道）将再也

不能踏上船或者岸，无论他们给予什么。

这似乎有点残酷，但他没有

让自己怨恨他们的掉头不顾，

明白这艘航船，在这样的汪洋之中，

只能够保全他们自己；

不过仍然觉得辛酸离群

死去，他的朋友并不遥远。

他没有很快丧生，在海洋里

独力支撑，活了一个小时；

在这段时间里他，靠着剩余的力量，

击退他的命运；

然而随着时间的飞逝，

恳求帮助，或者高喊——"再会!"

最终，他片刻的喘息过去了，

他的伙伴们，从前

在每一次狂风中都会听到他的声音，

再也听不到熟悉的声音：

精疲力竭，他饱饮

翻涌的波涛，然后沉下去了。

没有诗人哭他；除了

真实记录的纸张，

告诉他的名字，财产，年龄，

被安森的眼泪打湿：

诗人和英雄的眼泪

都能让死者不朽。

因此我无意，或者想要，

歌唱他的命运，

让这个忧伤的主题

绵延长久的岁月；

只是不幸乐于寻找

它的表象在又一个故事里。

没有神圣的声音可以缓和风暴，

也没有吉光高照，

当，被剥夺所有有效的援助，

我们各自孤独而亡；

但我在更加狂暴的大海下

被覆没在比他更深的海沟。

（1799 年）

凯歌[1]

谁会可怜法兰西？她的事业受阻，

她的希望破灭，她的财宝流失——

她东方的帝国被撼动根基，

她西方的帝国，在号角声中摇摇欲坠。

野心勃勃，虽然武功废弛，

她不是让所有民族都充满恐慌？

她不是教忘恩负义的孩子，最好

把匕首对准母亲的胸脯？

她不是授予多此一举的恩惠，

把独立加到反叛者的头上，

帮助他从英格兰的王冠上拽下一颗宝石，

妄想有朝一日嵌在自己冠冕上？

谁会可怜法兰西？那样所有敢于

无端煽动战火的国家都将繁荣昌盛，

那样所有认为和平可以出卖，鲜血

可以交易，兑换黄金的国家都将繁荣昌盛。

（1779 年）

---

1. ETTINKION，"victory song"，希腊语的凯歌，库珀应该从品达那里借用了这个词。这首诗当写于 1779 年，当时法国援助美洲种植园主与英格兰作战，英格兰几面受敌，但法国也没有扭转七年战争之后相对于英国的弱势。1778 年 10 月，法属印度本地治里投降，再晚些时候，法属西印度圣卢西亚失守。

附　录

库珀翻译的《荷马史诗》第一版前言（1791）

应该将《荷马史诗》翻译为无韵体诗还是韵体诗，这是一个具有决定性的问题，对于那些曾经考虑过翻译应该是什么样的人和熟悉各种各样不同的翻译的人而言，这个问题并不困难。我冒昧地断言，将任何古代诗人的作品翻译为韵体诗，都是不可能的。没有人聪明到在将每一句诗都翻译得合乎韵律的同时，还能表达出其全部意义，而且保证译文不会多出原文没有的意义。事实上，翻译者的才智往往会在这种时候成为他的陷阱，他越是具有创造性，越是擅长随机应变，就越容易被置于远离和背叛他所宣称要遵循的原则的境地。这已经发生了：尽管公众长久以来已经拥有了英文版《荷马史诗》，而且译者因为他自己的作品在他的国家拥有着不朽的荣誉，今天一些最好的鉴赏者和最杰出的作者们还是在大声重申着对于《荷马史诗》的新译本的需要，尤其是对一个无韵体译本的需要。

我与我的前辈们没有竞争关系，就像用不同乐器表演的人之间不可能存在竞争一样。蒲柏在他的《荷马史诗》译本里已经克服了所有用韵的翻译方式所能够克服的困难，但是他被束缚着，他的选择就是他的脚镣。由于习惯于押韵，他形成了一种不可能满足荷马诗歌的审美方式，他试图去克服这种不可能，而不是放弃他最擅长的写作模式，去选择另一种他并没有经受过训练而且会在其中感到非常不适的模式。

我是作为原创诗人的蒲柏最热情的崇拜者之一，而且我承认他具有荷马这位伟大诗人的翻译者所应该具备的所有功绩。他用流畅的诗句、准确而优雅的语言和具有高度诗意的音调为我们带来了"神圣的特洛伊传奇"[1]。但是主要出于前面提到的原因，他翻译中偏离原意的地方太多了，以至于虽然他做了很多工作，而且这些工作在很多方面都很有意义，但我还是觉得，在翻译这个领域，哪怕是我也可以在某些方面比他做得更好。

他有时完全压制了作者的感觉，而且经常将自己的想法加诸作者的思想，在这种情况下，我有必要先将下面的话说明。因为，我们在这个问题上的分歧有时是如此之大，以至于除非先申明下面的话——尽管它看起来很让人反感——否则我不知

---

1. 出自弥尔顿诗作《沉思颂》（Il Penseroso）。

道如何避免粗心疏忽和修饰事实的嫌疑。关于这一点，我要告诫英国读者，在我身上找到的东西，不管您是否喜欢，在荷马身上也能找到，而在我身上找不到的东西，不管您多么欣赏，都只能在蒲柏先生身上找到。我没有遗漏任何东西；我也没有捏造任何东西。

毫无疑问，在同样用韵律的原作者和翻译者之间存在着巨大的不同。原创作品的作者是自由的，如果很难押韵，在某个方向不能找到合适的表达时，他可以自由地到另一个方向去寻找；不能适应他的场景的表达，他也可以放弃，转而采用他更乐意的方式。但是在翻译中就没有这样的选择存在，原作者的感觉是重要的，哪怕不是必要的，我们也不愿意放弃它。忠实性在翻译当中确实非常重要，翻译这个词本身就意味着这一点。出于这个原因，如果我们压制作者的原意，用我们自己的东西替代它，如果我们愿意的话，我们可以把我们的作品称为模仿，或者是演绎，但是它绝不再是同一作者的作品穿戴上了不同的服饰，因此也就不能再称之为翻译了。一个声称为一位漂亮女士画肖像画的画家，如果他在画作中添加了不属于她的特征，或是减少了属于她的特征，或是干脆给了她一张他自己发明的具有普遍性的面容，他可能被认为创作了一个诙谐的作品，甚至在某种程度上也许也能算是创作了一件珍品，但无论如何，这个作品也不能被认为是那个女士本身了。

有必要更宽泛地谈谈这个问题，因为哪怕在最好的鉴赏者当中，对这个问题也存在很多不一致的意见。

　　自由的翻译和忠实的翻译各具优点，同时也有着各自的不便之处。前者很难忠实于原作者的风格和表达，后者则容易显得亦步亦趋；前者容易丧失原作的特性，后者则容易丧失翻译者的能动性。所以，是否有可能找到一种准确的途径，使得译作与原作相比近乎没有损失任何东西，也没有掺杂任何多余的东西，与此同时，它还需要足够自由以使得自身具备一种原创气息？这可能是原作能够被最恰当地呈现的模式。我可以凭借我的经验告诉我的读者们，要去发现这样一条精细的线是很困难的，要按照它来翻译像荷马那样的诗人浩瀚的全部作品，几乎是不可能的。我唯一能做的就是假装我已经在这方面尽力而为了。

　　一个翻译者应该去想象，如果被翻译的作品所使用的语言就是他自己使用的语言，原作者可能是哪种风格。这是一个被普遍接受的观点，但与其他许多观点一样，它的流行仅仅是由于缺乏审视。这种方法缺乏实际的可操作性。假设有六个同样有资格完成任务的人，他们被雇用在这条规则下将《古兰经》翻译为他们自己的语言，我们会发现他们中每一个人的译作风格都不同于其他人，而且按照可能的推断，他们没有一个人的翻译是正确的。因此，总的来说，就像前面已经提到的那样，那种同时包含了忠实性和自由、很接近原作却不至于接近到亦步亦趋、有相对的自由却不至于自由到放纵的程度的翻译才是最合适的。如果我的读者有能力并愿意花心思将我的译作与荷马的原作在这方面进行比较，而且认为我在某种程度上达到了如此难以达到的标准，我的野心将会得到充分的满足。

至于活力与和谐——这是翻译这位最有活力、最和谐的诗人的两个重要要求——如果发现我在这两方面有不足，我的目的和愿望都不是把自己的责任归咎于我的母语，这是一种背叛。我们的语言确实不如希腊语有音乐感，而且我所熟悉的语言中没有一种不是这样的。但它的音乐性足以满足优美诗句的需要，如果它在任何场合显得能量不足，那也不应该怪它，而应该怪我们对它的运用不当。因为只要弥尔顿的作品存在，无论是他的散文还是他的诗歌，那么就有充分的证据表明，没有任何重要、崇高的主题，超出了英语的表达能力。

我并不惧怕那些熟悉荷马的人对我作出裁决，他们不需要被告知翻译荷马是一项多么艰难的事业，所以翻译者值得一些同情和帮助。因此，我期待着他们的坦诚和宽容，而且我相信我不会失望。我相信有很多偶尔会在尤利西斯的弓上去尝试自己的力量的人，他们会尤其坦诚。他们可能已经发现这支弓并不那么柔韧趁手，鉴于我的译文，他们可能会乐于承认这支弓甚至不能帮他们接近自己的宏愿[1]。但是，如果可能的话，对于那些不坦诚的批评，我会倾向于选择忽略，因为回答它们就

---

1. "尤利西斯的弓"典出《奥德赛》第21卷。此时奥德修斯已经装扮为乞丐回家。妻子佩内洛普猜出他的身份，举行了一次射箭比赛，宣布谁能用奥德修斯留在家中的巨弓射出精准的箭，谁就能与其成婚。最终只有作为乞丐的奥德修斯成功。"奥德修斯的弓"喻指非常艰难的任务。库珀原文中用的是"尤利西斯的弓"。

意味着浪费我的工作，而对它们保持沉默又显得固执和自大。

因此，对于那些以后倾向于告诉我这个翻译的措辞过于平淡无华的人，我想事先作出回答，我知道这一点——如果不是这样就很荒谬了，而且荷马本人似乎也处在这个困境当中。实际上，这正是荷马众多的才能之一，在这一点上，他的判断力永远不会让他失望，他永远能找到正确的方式来表现宏大和崇高，而且永远知道他的描写应该如何贴切地与他的表达对象共同起伏。《关于小事的大话》（*Big Words on Small Matters*）或许可以作为滑稽的典型，在青蛙和老鼠的战斗中，人们可以找到这样的例子，但是在《伊利亚特》中却绝不可能找到。

我可以预见另外一些读者会告诉我，我的格律虽然还算平整，但也会失足，诗句在行进中时不时会趔趄而丑态百出，缺乏优雅，对读者而言也不方便。对于这样的指控，我也认罪，但是，我还想说，与我平稳的韵律相比，我跛脚的韵律并不太多。实际上，它们都在我的掌控之中，这种安排是故意的。在长诗当中，没有比韵律始终相同更让人担心的瑕疵了，而每一种艺术实际上都可以有效地避免这一点。一句话本身很粗糙也有它的好处，它可以使得耳朵免受单调乏味之苦，甚至似乎还能使得句子更为流畅。弥尔顿的感受力和品味都很高超，他在《失乐园》中经常展现这种做法的效果。

既然提到了弥尔顿，我就不得不就他的风格与荷马的相似性提一点意见。但凡同时熟悉弥尔顿和荷马的人，在阅读其中一个的作品时没有不想到另一个的；正是在诗句的断裂和停顿中，英国诗人韵律的独特性和丰富性得到很大提升，而这主要就是在模仿希腊人。但是这些都是韵体诗所不能胜任的，任何人只要读一页丹纳姆、瓦勒和德莱顿（Denham，Waller and Dryden）之前的任何一位诗人的作品，就能看到对这一点的证明。因此，荷马的译者似乎被荷马指示着要用无韵体诗来翻译他的作品，因为只有在这种情况下，荷马的风格才能被呈现。如果可能的话，我自然要提出这样的意见，因为我希望我能劝慰一些人，他们对于韵体诗的偏爱相当不合理，要求在所有情况下都用韵体诗，而且认为没有韵脚的话，我们的语言中的诗歌就是一种徒劳的尝试；他们认为，假如诗歌之为诗歌仅仅是因为它的格律，这种说法与其说是出于分类的需要，不如说是出于礼貌，因为这样可以使诗人省去很多麻烦，他只要给自己的诗行规定音节数，那么在外在形式方面就万事大吉了。如果这是真的，他们就为自己的立场找到了理由，因为谁能在最困难的情况下取得成功，谁就最有资格获得掌声，而在诗歌创作中最困难的事就是在结构上进行刻意人为的排列。但是情况并非如他们所想的那样。在我们的语言中，合乎韵脚并不需要发挥很多聪明才智，相反，对于一个在诗歌实践中得到锻炼的人而言，这总是很容易的事。我们可以看到，很多人除了用韵以外，根本没有其他的诗意追求。如果我们可以考虑一下，出于押韵的目的，我们对很多不够经典、冷漠的语言是多么宽容，我们就能很快看到，无韵体诗创作的努力主要用在了另一方面。诗人可以不遵守押韵的规则，但为此往往需要以昂贵的代价为诗句增添其他修饰。无韵体诗的诗句本身流畅度是不够的，所以它们的字词组合必须是和谐的；而韵体诗诗人所主要关注的却是他的对句和他的意思是否相称，避免他的韵律规则被破坏（至少要确保不能太频繁地被破坏），与那些写无韵体诗的诗人相比，这点困难是微不足道的。为了使得他的诗有音乐感，无韵体诗人必须在写作时表现出 10 个音节可能出现的所有变化，在第一个音节和最后一个音节之间，他不得不偶尔在某个地方停顿一下，而且停顿的地方必须不断变换。为了实现这种变化，他不得不将注意力同时放在他已经作过的停顿、他即将去作的停顿以及随后的停顿之上。没有更轻松的办法能够使他写出一篇很长又不会被耳朵厌恶的无韵体诗。因此，除非将五个球扔到空中并连续接住它们比只扔一个球要更容易，否则写无韵体诗就不会比写韵体诗更容易。在这些工作之外，写无韵体诗还有其他必需的工作。一般来说，无韵体诗的风格比韵体诗的风格更为复杂。如果（韵体诗和无韵体诗）在语言本身和语言的安排上都和日常用语相差很远，我们就不会去怀疑这两种截然不同的诗当中，哪一种会需要作者更多的研究学习和构思雕琢了。我觉得诉诸我自己的经验是让人不愉快的，但是我手里没有其他的证据，我不得不这么做。正如我所确认的，我发现了，两种诗歌我都写过很多，而且相较于无韵体诗，我一天内能写出更多韵体诗。对于这里所说的（无论别人有没有说过，我不知道，因为我没有读过任何关于这个话题的现代的书），我想要补充的是，在任何语言中，不使用韵律也能富含诗意，是一个本性健全而经典的论点。

结束这篇文章之前，我再就我的翻译说一两点看法。

我最引以为傲的是，我一直严格忠实于原作，确信每一次偏离都会受到惩罚，失去一些无法替代的优雅或美丽。我把那些能够找到对应英语形式的人物称谓保留了下来；其他不能找到对应英语表达的人物称谓，我把它们融进了上下文。我相信，没有一个词我没有以这两种方式之一进行了翻译，不过，很显然，读者会发现它们不像在《荷马史诗》中那样大量重复。

在《伊利亚特》和《奥德赛》中，任何有一定地位的人物都不会仅用他们自己的名字介绍，父名也会同时给出。我一般都会注意保留这个形式，因为这内在于我的作者的风格。

荷马从来不会用少于一整行的篇幅来介绍一位言说者。不，甚至当演讲本身不比引导它的那句话长时也不例外。既然他从未放弃过这种做法，那么他一定是出于某种有力的理由。他可能认为这是他威严的叙述风格所必需的一种形式。因此，在我的译本中，我严格遵循了他的模式。我将这些引子看成游行队伍中的传令兵，他们是重要的，因为他们被雇用来迎接比他们更重要的人。

我的观点一直是翻译要做到尽可能简洁，但与此同时，我也决心不为了简洁的效果而牺牲原作者的完整意义。

在文体问题上，我努力做到既不拖泥带水，也不虚张声势，因为没有哪位作者会像荷马那样，让他的译者非常容易陷入这两种错误，尽管他自己从未犯过这两种错误。我谨慎地避免使用新术语，聪明人发明的大量现成术语不仅没有丰富我们的语言，反而阻碍了它。我在各处都使用了最适合作品本身的未经缩略的完整语词，尤其注意钻研表达的明晰性，这不仅因为明晰是一首好诗必不可少的条件，还因为荷马本人就是所有诗人中最明晰的。

在所有困难的地方，我都咨询了最好的鉴赏家们，在他们有分歧的地方，或者像通常的情况一样，在他们给出了各种不同解决方案的地方，我一直在最大限度地发挥我的判断力，并选择至少对我自己来说最合理的处理方式。基于这一点，并且考虑到我已经提到过的忠实性，我可以大胆地推荐我的译本，它对研究原著的年轻学生应该会有所帮助。

那些不大会被注意到的段落，甚至完全不会被注意到的段落（只有那些希望能找到我的错误的人可能会注意到），花费了我最多的努力。用现代语言描写庄重地杀死一只羊的场面，描写杀死它并准备送上餐桌这一过程的每一细节，是很困难的。在不降低诗歌水平的情况下，要描写把一只骡子套在马车上的过程，详细展现这一过程涉及的每一物件，绳子、圆环、钉子，甚至把它们连接起来的绳结，也是很困难的。而荷马总能为读者的视觉创作，他笔下所有崇高和壮丽的描写都有着佛兰德画家的细腻。

但是我的译本在多大程度上取得了成功，无论是上面提到的这些段落，还是其他更有活力的段落，以及那些最具有崇高感的段落，现在都要交给读者来判断了。对于那些认为只有浮夸、典雅而高度隐喻的东西才是崇高的作品的读者，我愿意向他们承认，我根本没有征求和考虑过他们的意见。

我故意拒绝对荷马的优点进行任何宣扬，因为译者对其作者的赞美很容易让人怀疑是虚伪的，而且不可能对荷马这样一位作者已经得到的赞美有任何助益。毕竟，在他的作品传入的每个国家，他都已经成为一个奇迹；他也被古代最伟大的人物们所神化；在某些地方，他甚至受到真正的敬奉。说实话，如果一个人真的可以通过任何形式的卓越来获得神圣的荣誉，那么荷马无疑凭借其惊人的能力做到了这一点。

在结束发言前，我必须对我所遇到的最好的荷马批评家——博学而聪慧的夫西克瑞先生（Mr. Fusexri）——表示应有的感谢。当我开始这项艰巨的工作时，我并不知道他是谁（事实上，直到现在我还没有见过他），但他却慷慨地自愿担任了我稿子的修订者。依靠他的古典品味和公正的鉴别力，我发现了自己作品中的许多瑕疵，也发现了很多原作中本来会被我忽略的美。但他由于自己的工作需要，不能陪我读完《伊利亚特》的后几卷，我的读者和我自己都有理由为此感到遗憾。

我还要感谢很多其他的朋友，如果能在此提及他们的名字，那将是我的荣幸。他们用他们的赞许鼓励我，用宝贵的书籍帮助我，并替我做了几乎所有的抄写工作。

现在我只能为我愉快的工作已经结束而感到遗憾。与这位伟大的希腊人一起，我度过了无数平静而舒适的日子，这些日子里，在国内和国外，在书房、花园和田野中，他一直是我的伙伴。无论我的工作取得多大的成功，都无法与我作为荷马的译者所享受的快乐相比较。

库珀翻译的《荷马史诗》第二版前言（约 1798—1799）

这部作品出版后不久，我就开始为第二版做准备，对第一版进行了准确的修订。在我看来，在许多地方，也许稍作改动就能满足一些我想取悦的人的要求；我安慰自己说，如果我仍然不能劝慰所有人，我也没有理由认为自己很不幸。为了取悦一个不合格的读者，作者必须牺牲太多；而试图取悦一个故意为难的读者，则完全没有希望。有的人会剥夺无韵体诗的主要优点之一，即在停顿上可以有多种变化；还有的人会否认，从整体上看，一行无韵体诗的效果要强于韵体诗。

关于停顿，有人以一种莫名其妙的轻率断言，荷马本人的诗篇就是一个没有停顿的例子。就算这是真的，也绝对不会得出反对在荷马的英文版本中使用停顿的结论，因为在一种语言和一种韵律中存在的音乐感，在另一种语言中则完全可能会被认为是令人讨厌的。况且这种说法本身也是完全没有根据的。荷马诗句中的停顿是如此频繁和多样，以至于如果说停顿是一种错误的话，说出另一位比他错误更多的诗人也许是不可能的。甚至可以说，从他留给我们的成千上万的诗句中，是否能挑出一段不间断的流畅的十行诗来，都是值得怀疑的。如果某一行由三个或更多的音节组成，他经常会在第一个词后停顿；在由两个音节组成的诗句中，停顿也不罕见；有时甚至在只有一个音节的诗句中也出现了停顿。正如我在第一版序言中指出的那样，他的这种做法被《失乐园》的作者效仿。荷马无疑是一个不可模仿的例子，但没有一个书写无韵英雄体诗的英国诗人可以毫无顾忌地忽视他。

与此相似的是，有一种反对的意见主张绝对禁止对结构不规则的诗行的偶尔使用。当贺拉斯指责卢西利乌斯（Lucilius）的行文不规范时[1]，他并不是说卢西利乌斯在某些情况下，甚至在许多情况下都要受到这样的指责，因为那样的话，这种指责也同样适用于他自己；他是想通过这种说法来描述卢西利乌斯的所有作品。因此，这种指责是公正的；卢西利乌斯在古罗马诗歌还没有得到充分润饰的时代写作，他没有为了特定的目的而艺术地处理他的粗犷诗句，而且可能很少，甚至从来没有——除了个别偶然的情况——写出流畅的诗句。每个国家最早的诗人的诗句都是这样的。孩子们起初口齿不清，结结巴巴，但随着时间的推移，他们的语言会变得流利，而且，如果他们得到良好的教育，他们的诗句会变得和谐。

荷马本人的诗句结构也不是一成不变的。如果是这样，优秀的批评家和荷马的热情崇拜者尤斯塔修斯[2]（Eustathius）就不会断言，他的诗句有的强调开头，有的强调结尾，有的则强

---

1. 这里指的是《讽刺诗》，I. x. 1 - 2（"是的，我确实说过卢西利乌斯的诗句不顺畅"），贺拉斯在这里攻击了盖乌斯-卢西利乌斯（180—102 B. C.），他是罗马第一个重要的讽刺作家。——译者注，以下同。
2. 尤斯塔修斯（约 12 世纪），拜占庭教会人士和学者；他最重要的作品是对荷马的评论（首次印刷于罗马，1542—1550）。

调中间部分；有的以既不是扬抑格也不是扬扬格的音步起头，有的以扬抑格结束，而在中间部分，他有时同样会偏离既定的习惯。我承认，这种例子在今天很少能找到，但绝不是没有，这足以证明今天仍然可以少量使用类似的结构。

然而，我不愿意显得固执，我在一定程度上从这两个方面顺应了这些反对意见，尽管我自己并不相信它们是合适的。我重新创作了几句原本最粗糙、最不成形的诗句；为了方便发音，我取消了几个最不常用的停顿。这就是大约七年前修订后作品的状况。

从那次修订到现在，间隔了相当长的时间，长期中断的结果是，我自己变得比我所有的读者中最不满意我的翻译的人更不满意，不是因为几句不流畅的句子或不恰当的停顿，而是因为更实质性的问题。在我看来，许多段落的措辞不是不够超拔，就是不够优雅从容，而在其他段落中，我发现原文的意义要么没有得到充分的表达，要么被误解了。许多省略音符的地方没有很好地柔化；复合的人物称谓结合得并不总是很好，同样的称谓有时重复得过于频繁。

在《荷马史诗》中，有很多段落是必须缓慢而朴素地前行的，除非人为使其抬高，但在这些段落中，任何修饰都是不可能的。英雄穿上他的斗篷，用食物和酒来犒劳自己，给他的马匹上轭，进行一次旅行，在晚上准备休息等，要让这些平淡无奇的主题得到改善而又不显得不合时宜地喧闹，是非常困难的。蒲柏先生对其中的一些内容进行了删减，对另一些则直接忽略；但这种自由不符合我宣称过的我工作的性质。因此，这些部分和许多与之相似的部分都被我重新构筑了；我希望这有助于加强这些诗行，虽然效果并不令我完全满意。让诗行的运动更自然，停顿更少，不那么庄重，表达方式尽量简单，但又不显得粗鄙，这些就是我对它们作出的所有改进。

我相信，所有音符省略的问题都被解决了，只有一个例外。对现代诗人们来说，有一种选择是无法逃避的，它永远都在发生，而且，无论他怎么选择，都会给他带来一种恶果。我指的是小词 the。当这个小词出现在元音之前，应该把它融入名词中，还是保留间隔？这两种做法都会让听觉敏锐的人不舒服。融入的话，这个词会产生刺耳的声音，相反，则会产生同样不方便的间隔。因此，有时保留间隔，有时将它融入名词，似乎是最明智的做法；蒲柏先生采取了这一做法，他的权威也让我作出同样的选择；尽管在这两种各有弊端的处理方法中，我经常选择的是后者。

在我国的诗歌语言中，复合称谓已经存在了很长时间，所以我毫无顾忌地使用了它们。如果在荷马的无韵体翻译中不使用这些词，那就太奇怪了，因为荷马的诗句中充满了这些词，而且我们的诗人可能本身就是从荷马那里学习了这些词。但是，尽管我们的语言几乎和希腊语一样有利于这类词语的形成，有时也会发生尴尬的情况，有些希腊语中的复合词根本无法用英语表达，或者最多只能勉强用英语表达。出于这个原因，也因为我发现有些读者很不喜欢这些词，所以我删掉了很多；我努力进行判断，只保留了最符合要求的词，甚至让这些词的重复次数尽量减少。

我不知道就这最后一次修订还有什么实质性内容可以补充，唯一可能适合在这里说明的是为什么虽然《伊利亚特》有了很大改动，但比《奥德赛》的改动要少得多。我相信真正的原因是这样的：《伊利亚特》要求我尽最大可能的努力，它对我来说就像一个几乎垂直的斜坡，我不尽全力是无法攀爬的。相反，《奥德赛》似乎像一个开阔而平坦的国度，我可以轻松地穿行，因此，在翻译后者时我有一些疏忽，虽然当时没有意识到，但经过细致的考究，我发现这份疏忽留下了一些令人不快的印记。

我现在要把这项工作交付给它的命运。此后，也许另一个人会在同类的尝试中取得更大的成功，但我相信，我已经做到了我能做到的一切。